拙者、妹がおりまして❷

馳月基矢

双葉文庫

目次

拙者、妹がおりまして②

第一話　雨傘《あまがさ》のお七《しち》

一

月がおぼろに陰って見えた。薄雲がかかった四つどき（午後十時頃）である。

「まるで春の月だねえ」

見上げる娘はうそぶいた。

晩秋《ばんしゅう》九月の栗名月《くりめいげつ》は、黄金色《こがねいろ》によく肥《こ》えている。うっすらとした雲が切れれば、月を映《うつ》した水面《みなも》はますます明るい。提灯《ちょうちん》ひとつ持たずに歩いても、おぼつかないものではなかった。

夜風がいくぶん冷たい季節になったたか。

娘は空に手をかざした。白魚《しらうお》のような手は、月の光そのものにも似た、なまめかしい青みを帯《お》びて見える。

町木戸が閉まるこの時分に川端の道を歩く者など、そう多くはない。たまさか歩いているのが女であれば、見掛けた者は気に留めるだろう。それが仕立てのよい振袖《ふりそで》をまとった娘とくると、なおさらである。

脇道から、ひょいと現れた人影がある。それもまた女であった。

夜鷹《よたか》だろう。ござを敷いて春をひさぐ女としては珍しく、まだ若い。それでも振袖の娘より年上と見えた。

娘は、驚いたそぶりで立ち止まってみせた。

夜鷹は笑った。美人と言うには口が大きすぎるが、その顔であけっぴろげな笑い方をすると、いかにも愛敬《あいきょう》がある。

「驚かせちまったかい。こんな夜に、あんたみたいなお嬢さんが一人で、どうしたのさ。帰り道に迷っちまったのかね」

娘はうつむきがちに、袖で口元を隠し、か細い声を出した。

「はい。少し加減が悪かったので、お寺のお堂で休ませてもらっているうちに、とっぷりと日が暮れてしまいました」

「そいつは気の毒に」

「ここは、どのあたりでしょう？」

「深川富川町《ふかがわとみかわちょう》。そこに見えてるのは五間堀《ごけんぼり》っていうんだけど、わかる？」

「いえ……」

「家は大川《おおかわ》の向こうかい」

「はい。どちらへ行けば、両国橋《りょうごくばし》に着けるでしょうか」

「そうだねえ。両国橋までは、ちょいと歩かなけりゃいけないよ。こんな暗い中を歩くのは慣れちゃいないだろう？　あたしでよけりゃ、一緒に行ったげるよ」

娘は夜鷹を値踏みした。

客に困ってはいないのだろう。きちんと食えているようで、肉づきは悪くないし、身なりは小ぎれいだ。ほろ酔い加減で、にこにこと愛想《あいそ》がよい。

獲物がつかまらないよりも、ましか。

娘は柳眉《りゅうび》を曇らせ、憂《うれ》い顔をこしらえた。

「それでは、あなたさまのお手を煩《わずら》わせてもよろしゅうございますか。大川の端《はた》に出たら、その先は道がわかりますので」

「お安いご用さ。気にしないどくれよ。さあ、橋を渡るまで一緒に行こうか。あたしも、ねぐらはあっちなのさ」

「ご親切に、ありがとうございます」

歩き出した夜鷹に、娘は半歩遅れてついていく。

夜闇《やあん》に怯《おび》える娘を励《はげ》まそうという心づくしだろうか。夜鷹はにぎやかに、尋ねもしないことをべらべらとしゃべった。

「今日はねえ、いいことがあったんだよ。大きな質屋の手代《てだい》さんがお客になってくれてさ、この人がなかなかの色男でね。あんな人がよくあたしみたいなのを買ってくれたもんだよ。それでねえ、そのお客があたしのところに忘れ物をしちまって。何と百両」

「百両ですって？」

「そう、百両。店の金だよ。客が請《う》け出しに来なくて流れた質草を売ったら、思いがけず高値がついたんで、気分がよくなって、盛り場にふらっと寄っちまったって言ってた。大事な店の金なのにさ、あたしのところに忘れていったのよ」

「それで、どうしたんですか、その百両」

「慌《あわ》てて追い掛けて、ちゃんと返したとも。そうしたら、ずいぶんありがたがられちまって。あたしみたいな夜鷹を相手に、おまえさんは俺の吉祥天《きっしょうてん》だなんて言って拝《おが》むんだよ。近いうちに必ず迎えに行くって、約束代わりに五両も渡してくれてさ」

「五両ですか」

「一生懸命に貯めた金だってさ。そんな大切なものをあたしに預けてくれるなんて、どうかしちゃってるよねえ。まあ、あたしもどうかなっちまって、あの人を待つことしか頭にないんだけどさ。こういうことってあるんだねえ」

百両の話を聞いた後では、五両など、はした金だ。しがない夜鷹にとってみれば、とんでもないほどの大金だろうが。

「あなた、正直なのですね。お客が忘れていった百両、自分のものにしようとは思わなかったのですか」

夜鷹はけらけらと笑った。

「まさか。百両なんて大金、どうこうできるわけがないじゃないか。罰《ばち》が当たるよ。正直に届けに行ったから、あたしはあの人との約束と五両を手に入れたわけさ。それで十分だよ」

夜鷹は大事そうに懐《ふところ》に手を当てた。

そこに五両が入っているのだ。

娘は舌なめずりをした。

いきなり、娘は夜鷹の襟首《えりくび》をつかんだ。

夜鷹が、まなじりが裂けんばかりに目を見開く。悲鳴を上げかけた口は、娘の掌《てのひら》によってふさがれた。ぎし、と夜鷹の顎《あご》の骨が鳴る。

娘は片手で夜鷹の声を封じたまま、もう片方の手で夜鷹の懐を漁《あさ》った。目当てのものをすぐに探り当て、娘はにいっと笑う。

袱紗《ふくさ》にくるまれた小判を袂《たもと》に落とし込むと、娘は軽々と夜鷹を担《かつ》いだ。

娘の手が口から離れたわずかの間に、夜鷹は悲鳴を上げた。その声はたちまち水音に搔《か》き消された。娘が五間堀川に夜鷹を投げ込んだのだ。

冷たい水しぶきが弾《はじ》けるのを、娘は見なかった。すでに川に背を向け、駆け出していた。

「思いがけなく手に入る五両か。ま、一夜の稼ぎとしちゃあ、それなりだねえ」

娘はほくそ笑んだ。

薄雲ににじむ月明かりの下、娘は猫のように駆けていく。闇に怯える様子など、どこにもない。裾《すそ》が割れて白い脚がのぞくのもいとわず、振袖をなびかせて、娘は走る。

艶《つや》めく紅《べに》を引いた唇《くちびる》は、にいっと、笑みを形作っていた。

二

「雨傘《あまがさ》のお七《しち》、ですか？」

千紘《ちひろ》は興味津々《きょうみしんしん》で身を乗り出した。

薬研堀界隈《やげんぼりかいわい》で目明《めあ》かしを務《つと》める山蔵《やまぞう》は、重々しくうなずいた。

「そう呼ばれる女盗人《おんなぬすっと》がいるんでさあ。女を狙う、女盗人なんです。もっとも、名乗りは毎度違うんで、お七と言ったりお仙《せん》と言ったり、いろいろなんですが」

「盗人なのに、名乗るんですか」

「世間話をして油断させたところで、財布なり何なり金目のものを盗み取るのが手口なんです。雨の降っているときや、今にも降り出しそうな薄暗い日によく現れる盗人ですよ」

「だから、雨傘のお七さんなんですね」

「雨傘に入れてくれたり、一緒に雨宿《あまやど》りをしたり、雨に濡れたところで手ぬぐいを貸してくれたりと、親切な若い娘を装《よそお》っているんでさあ。金目のものを盗まれたほうは、家に帰り着いてから気づくんですよ。確かに持っていたはずのあれがない、とね」

「どこかに置き忘れたのでないとしたら、その雨傘の娘さんしか心当たりがない？」

「そう、そうなんです」

「ずいぶん鮮《あざ》やかな手口で盗むんですね、雨傘のお七さんって」

千紘はどこかおもしろそうに言った。

勇実《いさみ》と龍治《りゅうじ》は顔を見合わせた。勇実は苦り切った顔を、龍治はあきらめたような顔をしている。

山蔵が声をひそめ、千紘に持ち掛けた。

「千紘お嬢さん、ちょいとあっしらに手を貸してくれやせんかね。縄張りを荒らされて、あっしら目明かしは面目丸潰れなんでさあ。竪川《たてかわ》を挟んだ南北に、両国橋を渡って、神田川《かんだがわ》を挟んだ南北と、けっこう手広くやられちまっているんですよ」

千紘は目を輝かせた。

「それは大変ね。山蔵親分、わたしにできることがあるのなら、何でもやらせてちょうだい」

文政《ぶんせい》四年（一八二一）九月のことだ。

昼下がりに、千紘は出先から、本所相生町《ほんじょあいおいちょう》にある屋敷に戻った。

屋敷の縁側では、千紘の兄の白瀧《しらたき》勇実と、白瀧家と境を接する矢島《やじま》家の跡取り息子の龍治、そして目明かしの山蔵の三人が、額《ひたい》を突き合わせて何かを話していた。

手習所《てならいじょ》の師匠を務める勇実は、この刻限だと、筆子《ふでこ》たちを帰したばかりだろう。龍治は稽古着《けいこぎ》姿で、汗をにじませている。父を手伝って営《いとな》む剣術道場を、この相談事のために抜けてきたようだ。

千紘の姿を見るなり、勇実も龍治もあからさまに慌てた。

勇実は、広げていた切絵図をぱっと畳《たた》んだ。

「千紘、戻るのは日が傾《かたむ》く頃になると言っていなかったか？」

「言いましたけれど。でも、思いがけず、早く用事が済んだのです。それが何か問題でも？」

「いや、問題ではないが……」

千紘は膨《ふく》れっ面《つら》をした。

「あら、お邪魔だったのかしら。わたしに聞かせたくない内緒話をしていたようですね」

山蔵は背中を丸めるようにして頭を下げた。厄介《やっかい》ごとを抱えているのだろう。確か三十五かそこらのはずだが、目の下に隈《くま》をこしらえた顔はもうちょっと老《ふ》けて見える。

捕物《とりもの》の相談をしていたのね、と千紘は当たりをつけた。

山蔵は、龍治の父である与一郎《よいちろう》が師範を務める矢島道場に、しばしば顔を出す。

喧嘩三昧《けんかざんまい》だった若い頃の山蔵は、与一郎にだけは勝つことができず、ついに膝《ひざ》を屈して門下生になった。それ以来、腕っぷしは喧嘩ではなく、下っ引きとしての勤めに活《い》かすようになった。

目明かしに抜擢《ばってき》された今もそうだ。暇《ひま》を見つけては道場にやって来て、剣の腕を磨《みが》いている。荒くれ者の群れを一網打尽《いちもうだじん》にするような大捕物のときは、道場の人手を借りに来る。

御用の手伝いの声が掛かると、まず道場の次期師範である龍治が、真っ先に手を挙げる。たいていの場合、龍治は勇実も巻き込むものだ。勇実さんは誰よりも腕が立つからな、というのが龍治の言い分である。

矢島家の離れで手習所を営む勇実は、妹の千紘の前では、ぐうたらの面倒くさがりの出不精《でぶしょう》だ。手習所と同じ敷地にある道場の稽古にも、毎日通っているわけではない。

しかしながら龍治に言わせると、勇実には持って生まれた剣の才があるらしい。門下生の中で随一《ずいいち》の腕利《うでき》きが、勇実なのだという。

そんなわけだから、山蔵が難しい顔をして勇実と龍治をつかまえているとなれば、きっと捕物の相談に違いない。千紘はそう思った。

甘いものでも食べさせたら、山蔵親分の眉間《みけん》の皺《しわ》も少しは薄くなるかしら。そんなことを考えながら、ひとまずお茶を淹《い》れようと、台所に向かいかけたときだ。

「千紘お嬢さんにも聞いてもらいてえんですよ。やっぱり、ほかに任せられる人がいませんから」

山蔵がそんなふうに切り出した。

千紘はたちまち目を輝かせ、縁側に腰掛けた。

「わたしが捕物に加わるのですか」

勇実と龍治が何かを言おうとしたが、千紘は二人を黙らせ、山蔵に話を促《うなが》した。そして聞いた話が、雨傘のお七という女盗人のことだった。

なぜ山蔵が千紘に声を掛けたのかといえば、わけは単純だ。

「雨傘のお七が狙うのは、さっきも言いやしたが、女だけなんです。特に若い娘がよく狙われる。これはもう、今までの調べではっきりしていやす」

「そこで、わたしが捕物に加われば、囮《おとり》としてちょうどいいというわけですね。わかりました。ぜひやらせてください」

千紘は意気込んで拳《こぶし》を握った。

だが、勇実と龍治は賛成してくれなかった。

「駄目だ。危なすぎる」

「いくら何でも、これはなあ」

千紘は唇を尖《とが》らせた。

「危ないのは承知の上です。でも、わたしならうまくやれるわ。若い娘でないと、囮の役を果たせないのでしょう?」

「こんな策は認められない。駄目だ」

「兄上さま、なぜですか」

「怪我《けが》をするかもしれないだろう。それどころか、もっとひどいことにもなるかもしれない。山蔵親分、きちんとすべて話してください」

山蔵はうなずいた。

「雨傘のお七は、虫の居所が悪いときがあるらしいんですよ。夜はまずい。夜にあいつと会っちゃいけません」

「まずいというのは、どういうことですか」

「殺しですよ」

「まあ。盗みを働くだけではなく、相手を殺してしまうのですか」

「へい。川や堀に投げ込んだり、刀で刺したりと、愛想のいい娘のふりをしているにしちゃあ、とんでもねえ手口です」

「それを雨傘のお七さんがやったという証《あかし》があるのですか。誰かが見ていたとか」

「めった刺しにするのを見たやつが一人、川に投げ込むのを見たやつが一人。下手人《げしゅにん》の姿は、若い娘だったそうです。ほっそりと背が高くて、美しい娘だったと」

龍治は渋い顔で懐手《ふところで》をしている。

「さすがにこいつは千紘さんでも荷が重い話だぜ。縄張りを荒らされて腹が立つ山蔵親分の気持ちもわかるが、囮なんて、下っ引きでも門下生でもない千紘さんに任せていい役目じゃねえよ」

千紘はむきになって、龍治に食って掛かった。

「でも、囮ですよ。わたしが一人で盗人をとっちめるわけじゃなくて、山蔵親分や龍治さんたちが隠れて見守っている。そういう策なんでしょう？」

「そりゃそうだが」

「だったら平気だわ。兄上さまも龍治さんもいるんですから。ねえ、二人とも腕が立つのだから、ちゃんと盗人をとっちめてくれるわよね？」

「いや、そう言われてもなあ……どうしようか、勇実さん」

千紘は山蔵のほうへ膝を進めた。

「夜はまずいと言いましたよね。夜じゃなければ、そう危ない相手ではないんでしょう？　何せ、楽しいおしゃべりを隠《かく》れ蓑《みの》にして、相手に気づかれないくらいそっと盗んでいく人なんですから」

山蔵が答えるより先に、勇実が言葉を差し挟んだ。

「確かに今までは、昼間は物取りだけだった。財布を盗まれた者も、怪我をさせられたりなどしていない。だが、それは今までの話だ。もしこちらが相手を疑ってかかっていると知れれば、相手は反撃に転じてくるかもしれない」

「兄上さま、起こってもいないことを恐れてばかりいても仕方がないでしょう」

「相手が本当に女ひとりかどうかもわからないんだぞ。仲間がほかにいるかもしれない」

「こちらもたくさん人を動かすのでしょう、山蔵親分」

山蔵は腕組みをした。

「たくさんは難しいかもしれやせん。雨傘のお七は、ひとけのないところに出やすからね。でも、そのぶん腕の立つ助っ人をお願いしようとは思っていやす」

「だから、兄上さまと龍治さんのところに話を持ってきたんですよね。とはいっても、腕が立つ二人にもできない役目がある。それが囮になることだわ」

勇実と龍治は顔を見合わせ、もはや言葉もなく、ため息をついた。

千紘がこうと言い出したら聞く耳を持たないのは、二人ともよくわかっている。しかし、さすがに今回ばかりはあまりに危ない。山蔵と十分に話し合う前に千紘が帰ってきてしまったのは、勇実と龍治にとっては運の悪いことだった。

目をきらきらさせた千紘は、山蔵に詰め寄っている。

「兄上さまと龍治さんのほかに、誰を助っ人に呼ぶのですか。矢島道場の門下生で、腕の立つ人？　それとも、与一郎おじさまかしら」

「与一郎先生にも出張《でば》っていただけりゃあ百人力ですね」

「百人力どころか、おじさまは一騎当千《いっきとうせん》だわ。ねえ、龍治さん」

龍治はむっつりと答えた。

「確かに親父は強いが、やっぱり千紘さんひとりを囮に使うのは駄目だ」

「だったら、龍治さんがわたしの着物で女形を演じてみますか」

「どうしてそういう話になるんだよ！　遠目にはごまかせても、世間話なんかしたら、一発で正体がわかっちまうだろう」

「そうかしら。龍治さんは顔立ちがかわいいのだし、やってみたらいいと思うけれど」

「かわいいってなあ、そんな誉《ほ》め方をされても嬉しくねえんだよ。いや、誉めてねえのか。からかう場面じゃねえだろう」

と、そのときだ。

門のほうから、そろりと顔をのぞかせた者たちがいる。

「あの、お取り込み中でしょうか」

縁側の一同に声を掛けたのは、武家の若い娘だ。長いまつげが印象的で、どことなく儚《はかな》げな陰がある。傍《かたわ》らには、よく似た顔立ちをした前髪姿の男の子がいて、ぺこりと頭を下げた。

亀岡菊香《かめおかきくか》と、その弟の貞次郎《ていじろう》である。

菊香は夏の盛りの頃に大川に落ち、水練の得意な勇実に助けられた。それ以来、幾度か、季節のものを手土産《てみやげ》にして白瀧家に顔を出している。おっとりしたたちの娘で、千紘とはちょっとしたおしゃべりをする仲だ。

貞次郎は、姉の菊香より六つ年下の十三だ。会うたびに背が伸びているようだが、まだ菊香には追いついていない。

その貞次郎が、目を輝かせて、捕物の相談の輪に加わった。

「龍治先生の声が外まで聞こえていましたよ。腕の立つ人を集めているのなら、私たちも加えてください」

勇実は貞次郎の言葉に眉《まゆ》をひそめた。

「私たち、とは？」

貞次郎は得意げに胸を張った。

「私と姉上です。姉上はぼんやりしているように見えても、ずっと父上から剣術指南を受けてきましたから、体を動かすことは得意なのです。近頃はまた、気持ちがすっきりするからと、庭で竹刀《しない》の素振りをしているのですよ」

千紘も皆も驚きの声を上げ、まじまじと菊香を見た。

菊香は伏し目がちに微笑《ほほえ》んだ。

「わたしは父や貞次郎と違って、特に腕が立つなんてことはありませんけれど。気を引き締めておけば、袖をつかまれたときに投げ飛ばすくらいのことはできます。わたし程度の腕前でよければ、千紘さんと一緒に、囮の役目を引き受けましょうか？」


雨傘のお七が現れるのは、神田川を挟んで南北の一帯が特に多い。表通りから一筋入った薄暗がりや水路のそばに、よく現れるそうだ。

「幽霊みたいなお話ですね」

菊香はそう言った。

ちょっと渋い顔をした山蔵は、かぶりを振った。

「話だけ聞けば確かに幽霊じみちゃあいますが、お七に物を取られた連中は口を揃《そろ》えて、暗がりにぱっと明かりがともるような、気持ちのいい話し方をする娘だったと言います。器量のほうはまったくもって地味で、人相書も描きづらいって話です」

　言い切ってから、山蔵は頭を搔きむしり、もっと渋い顔になって付け加えた。

「ぞっとするほど美しい立ち姿の娘だったてぇ話もあるんですがね。そんな美しい娘が人を川に投げ込んだってんで、それこそ幽霊か妖怪かとも思ったらしいんです」

　千紘は頰《ほお》に手を当てた。

「それがさっき山蔵親分が言っていた、虫の居所が悪いときのお七さん？」

「へい。人が違ったように恐ろしい娘になるらしいんです。しかし、そっちがお七の本性かもしれやせん。女ってぇのは、化粧や振る舞いが違うだけで、すっかり別人にも見えますさあね。何にしろ、とっつかまえて調べねえことには、よくわからないんでさあ」

　勇実も龍治も苦虫《にがむし》を嚙《か》み潰したような顔をしているが、口は開かない。さっき千紘に脅《おど》されたのだ。

「もうこの話を耳に入れてしまったのだから、知らんぷりはできません。わたし、引き留められたって、勝手に雨傘のお七さんを捜しに行ってやるんだから」

　そんな宣言をされては、勇実も龍治も黙るしかなかった。千紘にさっさとお七のことを話してしまった山蔵に、恨《うら》めしい目を向けるばかりだ。

山蔵は慎重に告げた。

「夜はやめましょう。川や堀のそばもやめましょう。今までの手口から推《お》し量《はか》ると、夜と水辺を避ければ、さほど危ういこともないはずです」

千紘はうなずいた。

「わかりました。山蔵親分の言うとおりにしましょう。心配なことを減らせば、そのぶん、お七さんを取り押さえるのに力を注げるはずですもの」

菊香はおっとりした様子で首をかしげた。

「わたしたちも何か武器を持っておいたほうがよいのでしょうか」

「でも、武器だとわかるものを持っていたら、相手も隙《すき》を見せなくなってしまうわ」

「そうですよね。できれば、刃物で斬りつけるようなことはしたくありませんし」

「捕物のときは、無傷で取り押さえたほうがいいのよね。大勢で取り囲むときは、梯子《はしご》やさすまたを使ったりもするの」

「今回は、目立つものは使えませんよね」

千紘が顔を輝かせた。

「そうだわ。縛ってしまいましょう。でも、縄じゃ駄目。わたしや菊香さんが縄を持つのはおかしな感じがするもの。でも、風呂敷《ふろしき》や襷《たすき》だったら、目立たないんじゃないかしら」

「風呂敷や襷に見えるよう、布をつなぎ合わせて、縄にするのですね」

「ええ、そういうこと。それだったら、畳んで抱えていてもおかしくないわ。すぐにお吉《きち》に言って、端切《はぎ》れを出してもらいましょう。そうだわ、珠代《たまよ》おばさまにも声を掛けましょう」

「おばさま、ですか？」

「龍治さんのお母上さまの、珠代おばさまです。おばさまだったら、龍治さんやお弟子さんたちの稽古着を繕《つくろ》うために、襤褸《ぼろ》や端切れをたくさん持っているはずです。ちょっと手伝ってもらいましょう」

千紘は菊香の手を取ると、ぱっと外に飛び出そうとした。

勇実が慌てて二人を引き留めた。

「山蔵親分をほったらかしにして、勝手にいろいろ決めるんじゃない。それに千紘、あまり菊香さんを振り回すな」

しかし、山蔵が言った。

「あっしはかまいやせん。縄でも網《あみ》でもこしらえちまってください。そうしたほうが心強いでしょう。出張るのは、薄曇りや雨降りの昼下がりから夕刻にかけてです。どうやら明日にも雨が降りそうな空模様ですが、都合はいかがでしょう？」

千紘は大きくうなずいた。

「明日ね。それなら、大急ぎで支度をします。菊香さんはどうですか」

「ご一緒します。わたしはいつでもかまいませんよ。屋敷で家事をするくらいしか、用事がありませんから。貞次郎も大丈夫でしょう？」

「はい、姉上」

思いがけない成り行きに、勇実と龍治はもう幾度目か、顔を見合わせた。

千紘はお吉から端切れを受け取ると、張り切って菊香の手を引いて、矢島家のほうへ行ってしまった。

白瀧家と矢島家の屋敷は隣り合わせに建っている。むろん、境には垣根《かきね》があるが、木戸は壊れて開きっぱなしだ。行き来をするときは、誰もいちいち断りなど入れない。

千紘は菊香を連れ、木戸をくぐって矢島家の屋敷を訪ねた。外からのぞくと、日の当たる部屋で、龍治の母の珠代が針仕事に勤《いそ》しんでいるところだった。

珠代は、衣替《ころもが》えに間に合わなかったとおぼしき着物を縫っている。龍治の着物より丈《たけ》が長いようなので、独り身の門下生のものだろう。

小柄できびきびとよく働く珠代は、年よりもずっと若く見える。

「矢島さまは、お母上さまによく似ていらっしゃるのですね」

千紘がいつも思っていることを、菊香が千紘に耳打ちした。

「珠代おばさまは美人でしょう。だから、龍治さんもかわいい顔をしているのよ」

「殿方のお顔に、かわいいと言っては申し訳ありませんけれど。でも、本当に似ていらっしゃいますこと」

千紘と菊香はこっそり、くすくすと笑い合った。千紘は珠代を見やった。

「わたしにとって、珠代おばさまは龍治さんのお母上さまというだけではなくて、わたし自身の母のような人なんです」

「千紘さんのお母上さまは、もうずいぶん前に……」

「ええ。実の母は早くに亡くなって、よく覚えていません。でも、珠代おばさまが母の代わりになってくれて、実の父と、もう一人の父である与一郎おじさまがいたから、寂しくはなかったんですよ」

「お兄上さまと、矢島さま……龍治さまも、いつも一緒におられますものね」

千紘と菊香が端切れを抱えて訪れると、珠代は針仕事の手を休めた。

「あら、お嬢さんがた、お揃いで。何かご用ですか」

「おばさま、山蔵親分が捕物の話を持ってきたことはご存じ？」

「盗人をつかまえるんだと息巻いているみたいね」

「わたしたちも手伝うことになりました。それで、ちょっと戦支度《いくさじたく》をしておこうと思うんです」

千紘が手短に話をすると、珠代はちらりと難しげな顔をのぞかせたが、すぐに笑みを浮かべた。

「止めたって聞きやしないんでしょう。怪我だけはしないようにお気をつけなさいよ。千紘さんと菊香さんが捕物に出張るのなら、道場の男どもには、いつにも増してきっちり働いてもらわなくちゃいけませんね」

お吉と珠代が出してくれた端切れで、千紘と菊香はさっそく縄を作り始めた。

そうはいっても、千紘はあまり針仕事が得意ではない。適当に手にした二枚の布をちまちまと縫い始めてみたのだが、菊香の様子に手を止めた。

菊香はまず、形や大きさの違う端切れを並べ、帯の太さほどにしてつなぐように組み合わせている。

千紘は感心した。

「そうやって、出来上がりの形を先に決めてしまうのですね」

「ええ。このほうが作りやすいのではないかと思って。まずはこうしてすべてつないでしまってから、三つ折りにして縫い合わせれば、すぐに千切《ちぎ》れてしまうこともないはずです」

「なるほど。菊香さん、手慣れていますね」

「何となく思いついただけですよ。常日頃から捕物のための縄を縫っているわけではありません」

菊香の言い草に、千紘は笑ってしまった。菊香もふわりと笑う。その名のせいだろうか、菊香が微笑むと、甘く匂い立つようにも感じられる。

いや、菊香は本当に、体から優しく甘い香りをただよわせてもいるのだ。くちなしの花で作ったお香《こう》を日頃から使っているらしい。

千紘は、手にしていた端切れを菊香に渡した。

「菊香さんの指図に従って、わたしは布を縫うことにしますね。そうしたほうが、出来がいいものに仕上がりますもの」

「いいのかしら。わたしなんかが指図をするなんて」

「わたしなんかという言い方は駄目ですよ。自分をないがしろにしないでください。菊香さん、わたしよりずっと針仕事が上手なんでしょう」

「上手かどうかはわかりませんよ。ただ、好きなだけです」

「好きって、針仕事がですか」

「針仕事も好きですし、お料理を作ることも、傘を張ることも、楊枝《ようじ》を削ることも好きです。そんなちまちました内職仕事が好きだなんて変わっていると言われてしまいますけれど」

千紘は心底、感嘆《かんたん》した。

「菊香さんって、手先が器用なんですね」

「もっと器用な人はたくさんいますよ。わたしはただ、この手で物を形作るのが好きなだけです」

ああ、と千紘は声を上げた。千紘と菊香では、同じものごとをまったく違うとところから見ているのだ。

違っていることがおもしろいと、千紘は思った。菊香自身のことや、菊香の物差しが測《はか》り取るものごとを、もっと聞かせてほしいとも思った。

「菊香さんにとって、針仕事もお料理も、内職のお仕事も、片づけなければならない面倒ごとではないんですね。物を形作ることが好きで、楽しいのですか」

「ええ。うまくできても、できなくても、作ることそのものが楽しいのです。わたしのような性分の者は、職人の家に生まれればよかったのかしら」

「あら、そんなことを言うと、貞次郎さんが寂しがりますよ。貞次郎さんは、竹刀を振るうことのできる武家育ちの姉上さまを自慢に思っているんですから」

菊香の頰に朱が差した。色が白いので、頰を赤らめると、よく目立つ。

「貞次郎ったら、自慢だなんて」

「前にお話ししたときに、そんなふうに言っていたんですよ。貞次郎さんも、なかなかの腕前なんでしょう？」

ちょうど千紘がそう口にしたときだ。

貞次郎を真ん中にして、勇実と龍治が庭を突っ切っていった。その後から山蔵もついていく。

四人は道場へと向かっている。気合十分といった様子だった。貞次郎は興奮して頰を染め、勇実と龍治を相手に、日頃の稽古のことを語っている。

菊香はまぶしそうに目を細めた。

「貞次郎はここへ来るのを楽しみにしているんです。矢島道場で稽古をつけてもらうのが嬉しくてたまらないようで。あの子、矢島さまに憧《あこが》れているんですよ」

「龍治さんに？」

「はい。矢島さまが刀も抜かずに、自分よりも体の大きな男を取り押さえてみせたのでしょう？　あの子、そういう技に憧れを抱いているようなのです」

龍治が貞次郎の前で技を披露《ひろう》したのは、千紘が菊香の家族と知り合った最初の日のことだ。奉行所の役人が多く住む八丁堀《はっちょうぼり》で、ひと騒動あったのだ。

菊香の元許婚《いいなずけ》であった男は、町奉行所の同心《どうしん》の息子だが、金遣《かねづか》いが荒くて不誠実だった。元許婚は、旗本の娘とはいえ質素な暮らしぶりの菊香との縁談を反故《ほご》にする一方で、金持ちの商家の娘と婚姻《こんいん》を結ぶことを選んだのだ。

そうした経緯《いきさつ》を問い詰めるとき、とっさに逃げ出した元許婚を捕らえたのが、龍治だった。

元許婚との一件は菊香にとってつらい出来事だったはずだが、菊香はさらりと触れてみせた。菊香の心の傷も、ずいぶん癒《い》えてきたのだろう。

千紘は、刀を腰に差す真似をしてみせた。

「龍治さん、ああ見えてとても強いんですよ。でも、変わっているんです。出歩くときは、真剣ではなく木刀を差していくの。矢島流の剣術は殺さずの剣だからって。兄上さまもそうよ。捕物のときは必ず木刀を使うんです」

「変わっているけれど、お二人ともお強いのですね。剣術の技に優《すぐ》れるだけではなく、本当の意味でお強い。刀を抜かずに闘うことを選ぶだなんて、信念がなければ、できないことです」

「わたしもそう思います。兄上さまも龍治さんも、剣術をやっているときだけは、きりりとして格好がいいのですけれど」

しかし、普段の二人は困ったものなのだ。寝転んで書を読むのが好きな勇実も、子供のようないたずらを仕掛ける龍治も、頼りなくて危なっかしい。

千紘と菊香のいるところから、道場の様子はのぞけない。が、気迫の声が響くのはよく聞こえる。声変わり途中の高い声は、貞次郎のものだろう。

菊香はふわりと微笑んだ。

「わたし、貞次郎がもっと幼《おさな》い頃は、一緒に竹刀稽古に励んでいました。わたしは近頃、また少し竹刀を握るようになりましたけれど、腕前はとっくに貞次郎に追い抜かれています。楽しみなんですよ。あの子、どこまで強くなるのかしら」

千紘は菊香の顔をのぞき込み、笑ってみせた。

「本当、楽しみですね。背丈もぐんぐん大きくなって」

「ええ。少し寂しくも思いますけれど」

矢島家の老女中、お光《みつ》がひょっこりと台所から現れた。

「皆さまがた、ご精が出ますね。針仕事ばかりでは、目も肩もくたびれるでしょう。ちょっとお休みして、お茶とお菓子を召し上がれ」

湯気を立てるお茶のお供は、小ぶりなおはぎである。お光の手作りだ。丁寧《ていねい》にこした小豆餡《あずきあん》で、仕上げに固く絞《しぼ》った濡れ布巾《ぶきん》で形を整えてある。

「嬉しい。いただきます。菊香さんも遠慮しないで」

「はい」

千紘と菊香はもちろん、珠代も若々しい歓声を上げて、お菓子を喜んだ。

龍治も貞次郎も、道場で木刀を手に取ると、途端に顔つきが引き締まった。

貞次郎は、小十人組士《こじゅうにんぐみし》である父から剣術を習っている。体つきがしっかりしてくる十五になるまでは軽い竹刀で稽古をする約束だったそうだ。が、この夏に矢島道場で稽古をして以来、一年半ほど繰り上げて木刀を使うことになった。

今日のように、貞次郎は時折、八丁堀の屋敷から出向いてきて矢島道場で汗を流す。指南役は龍治だ。貞次郎は龍治によく懐《なつ》いている。

勇実は壁にもたれて、龍治と貞次郎の様子を眺《なが》めている。

「疲れておるのか、勇実」

龍治の父で道場主の与一郎が、勇実の隣に立った。

勇実ほどには上背《うわぜい》のない与一郎だが、胸板が厚く、がっしりと筋肉がついている。傍らにいるだけで、剣気とでも呼ぶべきか、何か目に見えない力が与一郎の肉体から発せられるのを、勇実は感じる。

背筋を一応しゃんとさせて、勇実は苦笑いをした。

「少し疲れています。ゆうべは遅くまで書き物をしていたので」

「仕事や学問に励むのもよいが、眠るべきときに眠らねば、体が持たんぞ。目も心配だな。勇実は昔から、いくらか目が弱いだろう」

「ええ。でも、見え方は昔と大差ないと思いますよ。悪くなってはいません」

「ならば、よいのだが」

「ご心配をおかけしますね。筆が乗っているからといって、つい夜更《よふ》かししてしまうのも、体によくないと心得てはいるんですが」

与一郎は、気遣うような間を置いてから、勇実の目を見て言った。

「根《こん》を詰めすぎるでないぞ。体の休め方を身につけるのだ。肩や腰が弱って痛み、稽古ができなくなってくると、体が萎《な》えていくのは避けられん。そうなってしまわんよう、日頃から己の体をいたわれ」

与一郎は勇実を通して、今は亡き源三郎《げんざぶろう》の姿を見ているに違いない。

勇実の父、源三郎は文弱《ぶんじゃく》の徒《と》のようでいて、その実、小太刀《こだち》を使えばなかなかの腕前だった。勇実がまだ十四、五の頃には、源三郎は与一郎と道場で木刀を交《まじ》えることがあった。

つい熱が入って、恐ろしいほどの気迫でぶつかり合う父たちの姿を、勇実は鮮やかに覚えている。掛け値なしに格好いいと、胸が熱くなる思いだった。

勇実の背が伸び、体が強くなるのとちょうど相反するように、源三郎は肩や腰を傷《いた》め、稽古ができない日が増えていった。同じ頃から、源三郎は胃《い》の腑《ふ》の痛みや腹の張りを訴え、次第に食が細くなった。

あるとき勇実は、唐突《とうとつ》に、父よりも自分のほうが力が強いと気がついた。

何がきっかけでそれに気がついたのか、はっきりとは覚えていない。だが、息の仕方も忘れるほどに驚いたことだけは、胸に刻《きざ》み込まれている。

悲しみに似た驚きだった。超えてはいけない人を超えてしまったと、禁忌《きんき》をおかしたような気持ちで、父を見るようになった。その気持ちは父が死ぬまでずっと、勇実の中から消えなかった。

与一郎が隣にいると、勇実はほっとする。

勇実が与一郎に稽古をつけてもらうようになったのは、十一の頃だ。その頃から勇実を見守ってくれている与一郎は、もう一人の父と呼べる存在だ。

剣術においては、勇実はまだ与一郎に勝てない。力比べでも勝てない。超えてはいけない人をまだ超えていないのだ。

だから、勇実は与一郎の前では安心していられる。聞き分けのよい息子のような顔をして、与一郎の言葉に、素直にうなずくことができる。

やあっ、と気迫の声が弾けた。

貞次郎が繰り出した刺突《しとつ》の剣を、龍治がたやすく防いだ。貞次郎はすかさず引いて構え直し、逆袈裟《ぎやくけさ》の一本を狙う。

かつん、と硬い音が打ち鳴らされる。

龍治は正面から貞次郎の攻め手を受け止めた。ぐいっと押し合いになると、龍治の力があっさりと貞次郎に勝《まさ》った。貞次郎は木刀を取り落とす。

「ああ、駄目だ……」

貞次郎はうなだれながら木刀を拾った。

龍治は貞次郎の肩をつかみ、正面を向かせた。

「筋はいいんだぜ、貞次郎。でも、悪い癖がある」

大人の男としては小柄な龍治だが、背の伸びきっていない貞次郎はもっと華奢《きゃしゃ》で小さい。貞次郎はまじめな顔をして、龍治を見つめ返している。

「悪い癖ですか。教えてください」

「いちばんまずいのは、目を閉じちまうことだ。相手に打たれるときだけじゃなく、自分から打ち込むときも、つい目を閉じちまっている。驚いて目を閉じるというより、力を込めようとするときの癖かもな」

貞次郎はびっくりした様子で、丸く見張った己の目を指差した。

「私が目を閉じているんですか」

「気づいていなかったか」

「はい。父にも言われたことがありません。子供の頃から一度もです」

「それじゃあ、もしかしたら、木刀に持ち替えたあたりで、この癖が生まれちまったのかもな。木刀、まだ重いだろう？」

貞次郎は不安そうに眉尻を下げた。

「目を閉じてしまうなんて、臆病者《おくびょうもの》みたいだ。この癖、きちんと直るでしょうか」

「もちろんだ。心構えひとつで、すぐにも直せるさ」

「心構えですか」

「そうだ。力を込めるときは、顎を引いて歯を食い縛る。そして目を見開く。そんなふうに、心にとどめておく。稽古のときだけじゃなく、日頃からだ。荷物を担ぐときだとか、帯を締めるときだとか、ちょっとしたところから気にしておく。いいか？」

はい、と貞次郎は元気よく返事をした。

龍治は木刀を掲《かか》げると、切っ先を勇実のほうへ向けた。

「よし、貞次郎。次は勇実さんに稽古をつけてもらえ。ああ見えて、勇実さんは強いからな。思いっ切り打ち掛かっていいぞ。やっつけちまえ」

勇実は、やれやれと頭を振った。

「お手柔らかに頼むよ。昨日はあまり寝ていないんだ」

「ほら、ああやって弱そうなふりをするところが曲者《くせもの》だろう？」

龍治がおもしろおかしくあおるので、貞次郎は無邪気な顔をして笑った。まつげが長く、まだあどけない顔は、笑うと特に姉の菊香とよく似ている。

いい笑顔だと、勇実は思った。

そして、いつの間にか菊香の笑顔を見覚えていることに気がついた。その笑顔を思い描くと、胸が少しくすぐったくなることにも気がついた。

菊香が笑うとき、ふわりと花の香りがする。着物に香が焚《た》きしめてあるだけなのだろうが、なぜだか、菊香の笑みがこぼれるときにこそ甘く香るかのように思えるのだ。

勇実はそっとかぶりを振った。

「では、私がお相手つかまつろう」

勇実は木刀を握り直して、貞次郎のほうへ歩み寄った。

三

しとしととした雨降りだ。

九月も終わりが見えてきて、このところ、朝晩はひどく冷える。今日は昼間でも日が差していないから、雨粒混じりの風が吹くと、思わず首をすくめるほどに肌寒い。

旅人宿《りょじんやど》が軒《のき》を連《つら》ねる馬喰町《ばくろちょう》の界隈も、今日は通りを行く人が少ない。

夜の間も小雨がぱらついていたから、出職《でしょく》の職人などは仕事をあきらめ、長屋にこもりっきりなのかもしれない。

おつかいに出された手代とおぼしき若い男が、笠《かさ》の顎紐《あごひも》を押さえて、足早に歩いていく。男はすでにずぶ濡れだ。強い風が時折吹いてくるこんな日には、雨具はあまり役に立つまい。

幸い、空はさほど暗くない。じきに雨は上がるだろう。

どこぞの店の軒を借りて、千紘と菊香は雨が通り過ぎるのを待っている。店とはいっても、表戸は閉ざされ、中はしんとしており、雨宿りをするにも気兼ねがいらない。

千紘は手ぬぐいを首に巻きつけた。

「こんなに冷えるとは思っていませんでした。昨日は暖かかったから、油断してしまったわ。菊香さんは寒くありませんか」

菊香はかぶりを振った。しっかりとした厚手の袷《あわせ》を着込んでいる。

「大げさな気もしたけれど、温かいものを選んだのは正しかったようです。本当、ずいぶん冷えましたね。まだ暖かい日があると思えば、急にこんなに寒くなる」

「困った天気だわ。季節の変わり目は、体を壊してしまう人が増えますよね。わたしがお手伝いに行っている手習所のお師匠さまが、このところ、また寝ついてしまわれて」

「それは心配ですね」

「お年を召していて、あまりお体が強くないんです。手習いはしばらくお休みですって」

「お師匠さまや筆子たちに会えないのは、お寂しいでしょう」

千紘はことさらに笑顔を作ってみせた。

「でも、お師匠さまのお手伝いがないから、こうして空模様がよくない日が来るたびに、菊香さんと一緒にお出掛けができるんですよ。今はそういう巡り合わせなんです、きっと」

菊香はおずおずと微笑んだ。

「今日で三度目ですね。わたし、初めの日は肩に力が入ってしまったけれど、今ではただ、千紘さんとお話しするのが楽しいばかりなんです。こんな心構えでは、隠れて見守っている皆さんに叱《しか》られてしまうかしら」

「楽しいなら、それに越したことはないでしょう。菊香さんって、けっこう肝《きも》が据《す》わっているんですね」

「のんびりしているだけですよ」

「まあ、のんびりだなんて。兄上さまみたいなことを言って」

千紘と菊香は笑い合った。

菊香は、千紘が抱えた風呂敷包みをそっと撫《な》でた。

「今日こそは雨傘のお七さんに会えるでしょうか」

風呂敷包みの中身は、工夫を凝《こ》らしてこしらえた端切れの縄だ。

あれこれ試したところ、縄は初めから輪にしておくのがよいとわかった。輪の中に獲物をとらえて引っ張ると、ぎゅっと輪が締まる。そうなるように、結び目を作って畳み方を工夫してある。

千紘は、縄を投げる稽古もした。端切れをつないだだけのものだと、軽すぎて投げにくかったので、砂を入れた重りをところどころに縫いつけた。

菊香は針仕事が手早いだけでなく、新しい工夫を思いつくことにも長《た》けていた。千紘ひとりでは、こんなものはとても作れなかっただろう。

千紘は胸の前でぎゅっと拳を握ってみせた。

「今日はきっと会えると思います。だって、岡本《おかもと》さまがこちらの組ではないんですもの」

「岡本さま？　山蔵親分に手札《てふだ》を預けておられる、定町廻《じょうまちまわ》り同心の岡本達之進《たつのしん》さまのことですか」

「ええ、その岡本さまです」

千紘も菊香も、囮を引き受けるにあたって、岡本からじきじきに、よろしく頼むとあいさつされている。

北町《きたまち》奉行所に勤める岡本は、年の頃は四十ほどだが、すっきりと細身の体軀《たいく》が若々しい。定町廻り同心らしく、着流しに小銀杏髷《こいちょうまげ》が小粋《こいき》に決まっている。声がよく、からりとした気性で、口を大きく開けて笑うのが、町人たちにも人気があるという。

その岡本について、千紘は、ちょっとおもしろい噂《うわさ》を山蔵から聞かされている。

「岡本さまは、厄《やく》除《よ》けの岡達《おかたつ》と呼ばれたり、外れの岡達と呼ばれたりしているんです。例えば、捕り方が二手に分かれて悪人を追うとするでしょう。そうすると、なぜだか岡本さまがいる組は空振りで、もう一方の組が必ず悪人を捕らえるの」

「まあ、おもしろい。悪人が不思議と、岡本さまを避けて通るのですね。だから、厄除けの岡達さま。身を守っていただくには、心強いですね」

「逆に、手柄を立てようと意気込む捕り方にとっては、外れの岡達なんです。それでね、前の二度は、岡本さまがわたしたちの近くで張っていらしたの。でも、今日は与一郎おじさまと一緒に、少し離れたところにいらっしゃるんです」

「ということは、今日はもしかするかもしれないのですね」

「そう、もしかしたら、何かが起こるかも」

千紘と菊香が声をひそませた、まさにそのときだった。

御《お》高《こ》祖《そ》頭《ず》巾《きん》をかぶった女が、ひょいと軒下に入り込んできた。女は、隣に立つ千紘に愛想よく笑いかけた。

「ちょいとごめんなさいね。雨が上がるまで、ご一緒させてくださいな。寒いし雨は降ってくるし、一人で心細かったもんですから」

女の年頃は、十九の菊香と同じくらいだろうか。笑うと、顔じゅうがくしゃりとする。あちこちに笑い皺が刻まれ、両方の頬にえくぼができた。

千紘と菊香は、息を呑《の》んで顔を見合わせた。これという証があるわけではない。だが、ぴんとくるものがあったのだ。

菊香が微笑んでうなずいた。

「ぜひどうぞ。ご一緒しましょう。わたしたちも少し心細かったのです。このあたりには、あまり馴染《なじ》みがありませんから」

千紘は、どきどきと高鳴りだした胸をそっと押さえた。菊香の言葉にあいづちを打ちながら、女の様子をうかがった。

女はくしゃくしゃと笑っている。

「お二人とも、武家のお嬢さまでしょう。確かにこのあたりは、あたしらみたいなのの町ですもんね。道はわかります？　あたし、案内できますよ」

「まあ、ご親切に。ありがとうございます」

千紘がぺこりと頭を下げると、女は気さくな様子で手を振った。

「いいんですよ。ああ、そうだ。あたしはお仙っていいます。べっぴんさんになるようにって、親にこんな名前をつけられちまったんですよ」

お仙の名の由来は、五十年ほど前に看板娘として人気があった笠森《かさもり》お仙だろう。お仙は、名前負けですよと言って、気持ちのいい声で笑った。

雨傘のお七は毎度、名乗りを変える。お仙と名乗ったこともあると、山蔵も言っていた。

その名は嘘《うそ》に違いないと思いながらも、千紘は話に乗ることにした。

「お仙さんってお名前、すてきだと思います。音の響きも耳に心地よいじゃありませんか」

「あら、ありがとうございます。そんなに言われると、照れちまいますね。それで、お嬢さんがたは何のご用でこんなところに来たんです？」

「お師匠さまのお見舞いです。子供の頃にお箏《こと》を教えてくださったお師匠さまなのですけれど、近頃はずっと臥《ふ》せっていらっしゃるそうで」

「ありゃ、お師匠さまのお見舞いですか。このへんに住んでるんです？」

「ええ。この近くに家移りしたと聞いています」

あらかじめ決めておいた筋書きだ。千紘と菊香は二人とも本所からやって来て、箏の師匠を訪ねるつもりということにしてある。風呂敷包みを抱えているのも、師匠へのおみやげのように見えるだろう。

千紘はちらりと、道のあちら側にある茶屋を見やった。雨のすだれの向こう、薄暗がりになった店の中に、山蔵と龍治が潜《ひそ》んでいるのだ。

この軒下を見張る場所のあちこちに、山蔵の率《ひき》いる下っ引きや助っ人たちが身を隠している。千紘もすべてを知らされてはいない。

皆、うまく隠れている。お仙は気づきようもないはずだ。

お仙は千紘に尋ねた。

「そのお師匠さまが家移りした先って、どこなんです？」

「土橋《どばし》の近くのお亀《かめ》長屋と聞きました。取り上げ婆のお亀さんが差配をしている長屋があるそうなんですが」

これは本当にある長屋の名を告げた。件《くだん》のお亀は矢島道場の門下生の母で、山蔵とも顔見知りだという。こたびの捕物にも力を貸すと言ってくれた。

お仙は、ぱっと顔を輝かせた。

「ああ、その長屋ならわかりますよ。でも、このあたりに慣れていないんじゃあ、見つけられないでしょう。ちょいとわかりにくいところにありますからね」

千紘はお仙の笑顔に応じてみせた。

「もしよろしければ、案内していただけません？　雨が上がったら、ですけれど」

「合点承知《がってんしょうち》です。あたしに任せてくださいよ」

お仙は気さくな調子で、千紘の肩をぽんと叩いた。武家のお嬢さんを相手にずいぶん馴《な》れ馴《な》れしいが、くしゃくしゃの顔で笑う能天気そうな娘だから、ついついやってしまったのだろう。

次の瞬間である。

引っ込めかけたお仙の手を、菊香が素早くつかんだ。

お仙の手から、ばさりと落ちたものがある。千紘の財布だ。袂に入れていたはずだが、それがお仙の手から落ちた。

「あら、何が落ちたのかしら。これはあなたのものですか、お仙さん？」

菊香はまっすぐにお仙を見つめた。

お仙は目を丸くした。と思うと、ぱっと菊香の手を振りほどき、雨の中に走り出ようとした。

否《いな》、菊香はお仙から手を離していない。

「千紘さん、今です！」

菊香の合図を受けて、今度は千紘が動いた。

「えい！」

風呂敷包みの中身を、お仙めがけて投げつける。

端切れを接《つ》いだ縄が飛んだ。

何度も稽古したとおり、輪になった縄は見事にお仙の体に引っ掛かった。千紘はすかさず縄を引き、輪を締めつける。

「やった！」

千紘は歓声を上げた。

しかし、お仙はなおも逃げようとした。千紘は縄ごとお仙に引きずられ、雨の中にまろび出る。

「千紘さん！」

菊香が千紘の助太刀《すけだち》をした。二人がかりで引っ張られては、さすがのお仙も振り切ることはできない。

お仙はぬかるみに足を取られ、へたり込んだ。千紘をじろりと睨《にら》む。先ほどまでの愛想のいい笑みなど、もうどこにもない。

「謀《たばか》ったな、ちくしょう！」

お仙は憎々しげに、大音声《だいおんじょう》で吐き捨てた。

その途端、湧《わ》き出るように現れた男たちがある。男たちは物陰から気配もなく姿を見せたと同時に、すでに得物を構えていた。

千紘は息を呑んだ。

「誰です？」

むろん、山蔵が率いた捕り方連中ではない。見知らぬ男が五人、六人、七人と、次々に現れる。

菊香は千紘の手から縄の端をひったくると、あっという間にきつく縛った。これでお仙は動けないはずだ。菊香は懐刀《ふところがたな》を抜いた。

「お仙さんもお仲間を潜ませていたのですね。千紘さん、気をつけて」

「はい」

お仙が何とか逃れようと、縛られたまま、じたばた暴れた。ぶちっ、みしっ、と嫌な音がしたのは、端切れの縄のどこかが千切れたのだろう。

千紘はお仙の着物の裾を踏んづけて、菊香と背中合わせに立った。長脇差《ながどす》や匕首《あいくち》、木槌《きづち》や天秤棒《てんびんぼう》と、めいめいの得物を構えた男たちが、じりじりと輪を縮めてくる。

風が吹き、雨粒が視界の邪魔をする。千紘の胸はどきどきと高鳴っている。興奮のためか、不思議と寒さは感じない。

そしてまた、形勢が入れ替わる。

「御用だ！　神妙にお縄につけ！」

山蔵の太い声が響くや否や、あちこちから捕り方たちが現れた。今しがたまで千絋たちが軒を借りていた店の戸が開き、勇実と貞次郎が木刀を手に、勢いよく飛び出す。

たちまち乱戦になった。

味方と敵と、数は互角だ。不意を打たれたのも互いに似たようなものだ。あとは腕っぷしだけがものを言う。

お仙が金切り声を上げた。

「何やってんだい！　早くあたしを助けな！」

お仙の求めに応じた男が、天秤棒を振り立てて突っ込んでくる。

勇実がすかさず割って入った。

「させるか！」

勇実は低い体勢で駆け抜けざま、足をしたたかに払った。男が天秤棒を放り出してすっ転ぶ。そこへ下っ引きが飛びついて、男を縛り上げる。

龍治は、棍棒《こんぼう》を構えた男と対峙《たいじ》していた。千紘は間近に、龍治の闘いぶりを見ていた。

先に仕掛けたのは、棍棒の男だった。だが、相手に攻撃を加えることができたのは、龍治だ。まばたきよりも素早く、龍治は刺突を繰り出していた。

突かれた男は、肩を押さえて膝をついた。その背をばしんと龍治が打った。男は苦痛に呻《うめ》き、前のめりに倒れて、もはや動けない。

「さあ、次だ」

宣言した龍治は、一瞬、霞《かすみ》の構えで静止した。

次の瞬間、龍治は地を蹴って駆け出した。狙いの先は、長脇差を手にした筋骨《きんこつ》隆々《りゅうりゅう》たる大男だ。

「あの男が首魁《しゅかい》か」

勇実がそうつぶやくのが、千紘の耳に届いた。

龍治を追って、勇実が動く。その動きがまた速い。

横合いから龍治に打ち掛かってくる匕首の男を、勇実がいなす。龍治は止まらず、脇目もふらずに、首魁らしき男へと突っ込んでいく。

ひゅっ、と何かの音がした。千紘は、迫りくる気配を察した。

だ。

「やあ！」

貞次郎が気迫の声と共に木刀を振るった。かん、と硬い音がした。貞次郎が打ち落としたのは石だった。千紘のほうに投げつけられた石を、貞次郎が防いだのだ。

菊香が上を指差した。

「宿の二階です」

人影が窓から離れるのが確かに見えた。屋内から女の悲鳴が上がる。どたばたと、中で騒ぎが起き始める。

十手《じって》を振りかざした山蔵が吠《ほ》えた。

「ふざけた真似をしやがって。てめえら、突っ込むぞ！」

下っ引き二人が山蔵に続いて、宿に飛び込んでいく。

龍治が対峙した男は、まわりの者たちよりは腕が立った。敵は龍治の攻め手を躱《かわ》し、ぱっと間合いを空ける。龍治が踏み込むと、そのぶん下がる。

「おいおい、どうした？　びびってんのか？」

龍治が挑発するが、それには乗らない。じりじりと油断のない足さばきで、逃げる隙をうかがっている。

敵方の連中でも下っ端は、すでに逃げ出しにかかっている。

わあっと大声を出して勇実に飛び掛かってきた匕首の男は、勇実が身を躱すと、その脇を通り抜けて駆け去ろうとした。

その真正面に、貞次郎がいる。

「危ない！」

勇実が忠告したが、貞次郎は避けない。

貞次郎は、かっと目を見開いていた。わめきながら男が迫る。貞次郎は待つ。

そして十分に引きつけると、貞次郎はまっすぐに踏み込んで匕首の男の胴を打った。相手がぶつかってくる勢いをそのまま活かした、痛烈な一撃である。

匕首の男は凄《すさ》まじい声を上げ、のたうち回った。下っ引きが無理やり組み伏せ、縛り上げる。

龍治と首魁は睨み合っている。

ついに先手を取って動いたのは、龍治だ。

千紘は息を呑んだ。

消えたと見間違えるほどの素早さで、龍治は首魁の懐に入り込んでいる。龍治の吐く息が首魁のはだけた胸元に触れるほどの、近すぎる間合いだ。

首魁の分厚い胸板と太い腕は、龍治の木刀を遮《さえぎ》るのにはむしろ邪魔だった。

龍治は真下から、首魁の顎を打ち上げた。

首魁は打撃をまともに食らい、数歩下がりながら、たたらを踏んだ。その手から長脇差が落ちる。

龍治は跳んだ。落ちる勢いを乗せて、首魁の左肩に、がつんと木刀を叩き込む。

「鎖骨《さこつ》が折れたな。でも、利き腕は避けてやったんだ。感謝しろよ」

龍治の言葉は、首魁の耳に入らなかっただろう。首魁は白目を剝《む》き、へたへたと地に伏した。

勇実と貞次郎はそれぞれ、やけっぱちになった様子の下っ端を相手取っていた。下っ端どもは破れかぶれの雄《お》たけびを上げて威を張るが、勇実も貞次郎も静かな目をしている。

貞次郎がつぶやいた。

「目を閉じない。目を閉じない……！」

己に言い聞かせながら、貞次郎は、惑わすようにゆらゆらと切っ先を揺らして、じっと機を待つ。

勇実は動いた。対峙する相手のぶるぶる震える腕を打った。その手から天秤棒がこぼれ落ちる。勇実は相手の喉元《のどもと》に木刀の切っ先を突きつけた。

「おとなしくお縄についてくれ。道場じゃないところで木刀を振り回すのは、本当はあまり好ましくないと思っている」

下っ端はか細い悲鳴を上げ、両手を掲げて泣き出した。すかさず下っ引きが縛り上げる。

貞次郎のほうも、ほどなくして決着がついた。

「さあ、来い……！」

待ち続ける貞次郎に、相手は我慢ができなくなった。相手が打ち掛かってくる。だが、千紘の目にもその動きは無駄だらけに見えた。

貞次郎はまっすぐに相手を見ていた。攻撃を避けることができたのは必然だ。身を躱しざま、木刀を繰り出して相手の胴を払ったのも、貞次郎がよく見て動いたからこそだ。

下した相手が倒れるのを、すかさず向き直った貞次郎は見ていた。ほう、と貞次郎は肩で息をした。

大声と足音が聞こえてきた。

増援が来たのだ。与一郎や岡本の姿が、その先頭にある。与一郎は、やけになって向かってきた無頼漢《ぶらいかん》を、二人まとめて叩きのめした。

千紘は、ほっと胸を撫で下ろした。

「もう、おじさまったら遅いんだから！」

千紘の膨れっ面を、与一郎も目に留めたようだ。与一郎は、にっと笑い、木刀を掲げてみせた。

ところが、与一郎はいきなり顔を険しくした。

「離れろ、千紘！」

与一郎の叫びに、千紘は、はっと身構えた。そのときにはもう遅かった。

くるぶしをつかまれた。強く引っ張られ、立っていられない。世界がぐるんと引っくり返って、千紘はしたたかに体を地に打ちつけた。目の前に星が散る。

「よくもやってくれたね！」

女の声がしたかと思うと、千紘の背中に痛みが走った。蹴られたのだとわかったのは、ごろごろ転がされた後だ。

千紘は無理やり目を見開いた。鼻先に女物の下駄《げた》が転がっている。千紘のものでも菊香のものでもない。

痛みをこらえて、千紘は顔を上げた。

片方の下駄が脱げたお仙が、菊香の腕をひねり上げている。

お仙は、ぺっと、端切れを吐き捨てた。端切れの縄を嚙み千切り、引き千切って抜け出したのだろう。濡れた着物にも、千切れた端切れが引っ掛かったままだ。

思わぬ展開に、勇実も龍治も貞次郎も、とっさには動けない。

お仙は菊香の耳元で怒鳴った。

「刀を捨てな！」

脅された菊香は、素直に手を開いた。雨粒を宿した刃《やいば》が、きらきら輝きながら地に落ちる。

お仙は菊香を羽交《はが》い締《じ》めにすると、憎々しげに捕り方たちを睨み回し、声を張り上げた。

「てめえらも、得物を手放しな！　でなけりゃ、この娘の命がないよ！　あたしゃあね、武家のお嬢さん育ちのこいつらとは違うんだ。女の腕でも、やり方ひとつで、女の喉首を締め上げるなんざ、たやすいことなんだよ！」

勇実も龍治も貞次郎も、剛毅《ごうき》な与一郎も、場数を踏んできた山蔵でさえ、身動きができなかった。勇実がいち早く木刀を手放した。龍治と貞次郎が続いた。

お仙は、にたりと笑った。

その刹那《せつな》。

ぶん、と空が唸《うな》る音を千紘は聞いた。

お仙の体が見事に宙を舞い、そして、地に叩きつけられた。投げ飛ばしたのは、むろん菊香である。

「おっしゃるとおり、わたしも出来損ないとはいえ武家のお嬢さん育ちですから。父に仕込まれた武術のうちでは、やわらの術がいちばん好きです。剣術はもちろん、女向きと言われる小太刀や薙刀《なぎなた》の術でさえ、刃物で人に血を流させてしまう。それは心が痛みますので」

菊香は丁寧に説《と》いてやったが、お仙には聞こえていないだろう。お仙はぽかんと口を開けたまま、すでに気を失っている。

すげえ、と下っ引きの誰かが感嘆の声を漏らした。

菊香は裾を整えながらしゃがみ込んだ。そして、お仙の着物の裾がぱっかり割れてしまっているのを掻き合わせてやった。

勇実が、思わずといった体《てい》で手を打った。

「たいへん鮮やかな腕前でした」

　菊香は、はにかんだ笑みを浮かべた。

「お粗末さまです。皆さん、お怪我はありませんか」

　千紘は体を起こした。

「わたしは大丈夫です。菊香さん、すごい。お手柄だわ」

　龍治と与一郎は視線を交《か》わし、ほっとした様子で長々と息をついた。下っ引きたちがやって来て、菊香に一礼してから、お仙を縛り上げる。

　貞次郎がいきなり菊香に飛びついた。

「姉上、ご無事で何よりです！　私は、私は……！」

　言葉を詰まらせた貞次郎は、姉の肩にぎゅうっと顔を押しつけ、黙ってしまった。

「あらあら、幼子のようなことを。父上さまに知られたら、また叱られてしまいますよ」

　菊香は困ったように眉尻を下げて笑い、貞次郎の背中をぽんぽんと優しく叩いた。

四

「しかしねえ、殺しはやってねえって言い張るんでさあ」

鼻息荒く、山蔵はまくし立てた。

大捕物から二日経《た》った夕刻のことだ。

山蔵は、雨傘のお七であり、あの日のお仙であり、本当の名はお、と、せ、という娘について、調べ上げたことを報告にやって来た。

掃除の手を止めた千紘は、手習所から戻った勇実と道場を抜けてきた龍治と共に、白瀧家の縁側で山蔵の話を聞いている。

雨の日に、心細そうな女を狙って盗みを働いたことは、おとせも認めた。盗みを働くときには、顔見知りのならず者たちをまわりに放っていた。

おとせは、盗んだ金を気前よく、ならず者たちに分け与えていたらしい。一人でせしめて貯め込むのではなく、盗みを働くことそのものが、おとせの楽しみであり、生き甲斐《がい》とも言えるようだった。

山蔵が数え上げてみせた盗みのうち、ほとんどのものを、おとせは自分たちの罪だと認めた。おとせは頑《かたく》なだったが、ならず者たちのほうがさっさと音《ね》を上げたせいで、おとせも認めざるを得なかったのだ。

千紘は頬に手を当てた。

「殺しの罪を認めないのは、おとせさんの嘘なのかしら。面と向かっておしゃべりをしてみて、話の上手な人だとは感じました。嘘をつくのも、きっととても上手だわ。でも……」

何となく、すっきりしない。

龍治は、下唇を突き出した変な顔で、ううんと唸った。

「山蔵親分、女盗人の殺しの手口ってのは、刺し殺すか川に投げ込むかだったよな？」

「そうですよ。殺されるのは女と決まっている。自分より力が弱い女を狙っていやがったんですよ。それだってのに、しらばっくれやがって」

「おとせって娘は、殺しについては違うって言ってんだな。ほかの男どもは？」

「盗みさえやってねえ、見張っていただけだって、そう繰り返すばっかりでさあ。まあ、おとせと関わりのないところで賭博《とばく》やゆすりをやっているやつもいたんで、どこまで信じていいものやらってとこですがね」

「や、それでも、罪があるやつは、自分から吐いたんだな？　でも、殺しだけはやってねえと」

「ほかの罪に比べりゃあ、殺しは罰が重いですから。そうたやすく自白はしませんや」

「そいつは違いねえが、しかし」

勇実が言った。

「龍治さんが引っ掛かっているのは、やつらの腕前のことかな」

「そう、それだ。たまたま見掛けちまった人が言うには、ぞっとするほど美しい立ち姿の娘が人を刺しただの、人を川に投げ込んだだのって話だろう。それだけしか手掛かりがないくらいの、鮮やかな手口だ」

「確かに、おとせという娘にそんなことができるとは思えないな。菊香さんが聞きしに勝る手練《てだ》れだったとはいえ、だ」

「おとせは、武芸に関しちゃ素人《しろうと》だよ。そういう動きだった。まわりの連中も、見事な殺しを繰り返せるほどの腕じゃあなかったんだよな。だって、捕り方はみんな、大した怪我もなく引き揚《あ》げることができただろう」

山蔵は、もとより上がりがちの眉をさらに吊り上げている。

「殺したか殺していないか、はっきり知っているのは下手人だけでさあ。おとせが殺したかどうかはひとまず横に置いといたとしても、あの娘、まだ罪を隠していやがります。しっかり追及しなけりゃなりません」

勇実は、やれやれと首を振った。

「意気込むのも無理はないが、山蔵親分、焦《あせ》りは禁物ですよ」

「心得ておりやすよ。お任せくだせえ」

山蔵が、どんと己の胸を叩いた。

ちょうどそのとき、門の表で声がした。

「ごめんください」

菊香と貞次郎、二人の声がきれいに重なっていた。貞次郎がわざと菊香に声をかぶせたようだ。もう、と叱る菊香の声と、けらけらといたずらっぽく笑う貞次郎の声が聞こえた。

千紘は下駄をつっかけると、門まで飛んでいった。

「いらっしゃい。ちょうど山蔵親分が来ているんですよ。あの後の話を聞いていたところです。菊香さんも貞次郎さんも、怪我はなかった？　どこかが痛んだりなんてしませんでした？」

「わたしたちは何も。千紘さんは、痛い思いをしたでしょう。あざができてしまったのでは？」

「ちょっとだけ。でも、このくらい大丈夫ですよ。さあ、中に入って。お吉がお芋《いも》をふかしてくれたんですよ」

「あら、それはすてき。実はわたしも、千紘さんたちと一緒にお茶をしようと思って、落雁《らくがん》を買ってきました」

菊香が風呂敷包みを掲げると、着物からただようくちなしの香りに混じって、菓子の甘い匂いがした。

のんびりとした足音に振り向くと、勇実も表に出てきたところだ。

「こんにちは。菊香さんと貞次郎さんのお手柄の話をしていたんですよ。どうぞお入りください」

「お邪魔いたします」

菊香は柔らかな仕草で会釈《えしゃく》をした。千紘と勇実に向ける笑顔は、晴れやかで明るい。

知り合って間もない頃、目を伏せて静かに微笑む菊香の様子も、長いまつげが頰に影を落とすのが美しかった。けれども、こうしてまっすぐに前を見て笑う顔は、また一段ときれいだ。

勇実がまぶしそうに目を細めた。勇実が見つめる先にいるのは、菊香だ。

あら、と千紘は感じた。はにかんだような兄の顔を、初めて見たように思ったのだ。

龍治が縁側から顔をのぞかせると、貞次郎はそちらのほうへ、ぱっと駆け出した。勇実もその背を追っていったので、千紘には、勇実が浮かべた表情をじっくり確かめる暇はなかった。

千紘は気を取り直し、菊香に手を差し出した。

「行きましょ。おやつが待っています」

「ええ。お相伴《しょうばん》にあずかります」

菊香は千紘の手を取った。

八丁堀から歩いてきた菊香の手は、ほんのりと温かかった。

第二話　早とちり

一

十月も半ばを過ぎたというのに、筆子たちは薄着に裸足《はだし》だ。

「寒くないのか？」

勇実はついつい毎日尋ねるが、筆子たちはけろりとしている。

「まだまだこのくらいで寒いわけがないだろう！」

「勇実先生ったら、襟巻《えりまき》なんかして、年寄りみたいだ」

薄着の筆子たちは、強がっているわけでも勇実をからかっているわけでもない。手も足も本当にぽかぽかと温かいのだ。

五日に一度通ってくる七つの鞠千代《まりちよ》が、手習所で一番の暑がりだ。

衣替《ころもが》えをしたばかりの最初の日、鞠千代は真っ赤な顔でぐったりしていた。熱があるのかと勇実は慌《あわ》てたが、その実、綿入れの着物が暑いだけだった。

鞠千代も、ここへ通ってくる回数を重ねるにつれ、どんどんやんちゃになってきた。行き帰りを除いては付き人もいないので、なおさらだ。外遊びを覚えたせいで、転んで傷をこしらえることもある。口を開けて笑うことが増えた。

長い間じっと座っていられる子供は、さほど多くない。そわそわと落ち着きがなくなってきたら、勇実は手習いを中断させ、外で遊ばせる。

どんなに冷たい風が吹いていようと、筆子たちは外が好きだ。庭で走り回ってこいと勇実が許せば、一斉に歓声を上げて飛び出していく。

自分もあんなふうだっただろうかと、勇実は思い返してみる。いや、あんなに元気ではなかったはずだ。幼《おさな》い千紘が外に出たがるから渋々ついていったり、龍治に引きずられて雪遊びに加わったりと、そんな思い出ばかりがある。

生まれついての出不精《でぶしょう》の勇実は、寒がりでもあるのだ。

一昨日《おととい》、たまたま近くに来たからと顔を出した尾花琢馬《おばなたくま》も、薄着で外を駆け回る筆子たちの様子に驚いていた。

支配勘定《しはいかんじょう》の琢馬は、勇実より五つ年上だが、冬らしく着込んだ装《よそお》いはもう少し年配のように見えた。寒がりなんですよ、と琢馬は柔らかな苦笑を浮かべた。

琢馬が、上役である勘定奉行の遠山景晋《とおやまかげみち》の求めに従って勇実のもとを初めて訪れたのは、二月《ふたつき》ほど前のことだ。能吏《のうり》を集め、勘定所の旧弊《きゅうへい》を一掃《いっそう》したいと、遠山は考えているという。

勇実に白羽の矢が立ったのは、父、源三郎の仕事ぶりが抜きん出ていたためだ。

遠山は、十年以上も前に役を辞した源三郎を自分の下に呼び戻そうとした。源三郎はすでに亡い。だが、その子である勇実もまた能吏となりうる才があると、遠山は見て取った。

そういうわけで、勇実にとっては思いも掛けぬ申し出を携《たずさ》えて、琢馬はやって来た。琢馬は切れ者だ。微笑《ほほえ》み方も言葉遣《づか》いも柔和《にゅうわ》だが、いきなり懐《ふところ》に踏み込んで、鋭い問いを突きつけてくる。

今回もまたあの話だろうか。

勇実は琢馬の顔を見た途端に身構えたが、琢馬は火鉢《ひばち》のそばに陣取《じんど》って、手習いの様子を見物するだけだった。

筆子たちは興味津々《きょうみしんしん》で、何者なのかと琢馬に問うた。琢馬は、どう答えましょうかと勇実に問いを回した。

友だ、と答えるには、勇実の中に引っ掛かりがある。父親同士が一緒に勤めていた縁で知り合った、という回りくどい言い方をするにとどまった。

筆子の中でも、虫博士の白太《しろた》だけは、前に琢馬と会っている。ちょっとした経《い》緯《きさつ》があって、白太が描いたまつむしの絵を琢馬が買ってやったことがある。

白太があれこれ話し掛けるのを、琢馬はにこにこして聞いていた。そして白太が帰った後で、あの子は何の話をしていたんでしょうか、と勇実に尋ねた。白太は十一だが、ひどく舌っ足らずなのだ。

琢馬は独り身であるし、子供に慣れていないようだ。むしろ苦手なのかもしれない。それでも、琢馬は筆子たちを邪険《じゃけん》にあしらいはしない。

きっと悪い人ではないのだ、と勇実は琢馬を評している。朋輩《ほうばい》がほしいと言ったときの琢馬のまなざしも忘れてはいない。

「だが、相容《あいい》れないところが、どうしてもある。尾花どのという人は、どうも底が見えない」

勇実は、一昨日の琢馬との会話がやはりぎこちなかったことを思い出して、ぼそりとつぶやいた。

今日はもう筆子たちが帰ってしまった。一人きりの手習所は、妙に肌寒い。勇実は天神机《てんじんづくえ》を並べ直しながら、身震いをした。

「二《に》の亥《い》の日を過ぎたら、こっちにも炬燵《こたつ》を持ってこようかな」

冬十月、武家では上亥《じょうい》の日に、町家では二の亥の日に炬燵開きをする。白瀧家でも、千紘が大張り切りで炬燵を出した。千紘自身や勇実のためではなく、老《お》いた女中のお吉が寒くないように、とのことだ。

手習所の筆子は、どちらかというと町人の子が多い。炭団《たどん》売りの子の丹次郎《たんじろう》は、炬燵開きの今時分はどうしても忙しいようで、ひと区切りつくまでは手習いもお休みだ。

以前ここに通ってきていた質屋の子の梅之助《うめのすけ》も、冬の初めには、家業の手伝いでてんてこ舞いしていた。布団や炬燵を質から請《う》け出す者がひっきりなしに訪れるから、親や奉公人たちだけではさばききれない。それで梅之助も駆り出されていたのだ。

梅之助は手習所を離れた後、まずは手代に交《ま》じって働いていた。去年からは番頭見習いとして、少しずつ帳場を任されるようになっている。今の番頭が近々暖簾《のれん》分けをするという話だから、その後は梅之助が番頭を務《つと》めることになる。

そういった話は、千紘が仕入れてくる。千紘と梅之助は同い年で、昔はよく一緒に遊んでいた。今でも互いに気軽な話し相手のようだ。近頃、梅之助には好いた娘がいるそうで、千紘があれこれ相談に乗っているらしい。

千紘と梅之助にはもう一人、同い年の仲間がいた。御家人《ごけにん》の子の将太《しょうた》だ。

初めの頃、将太は扱いが難しい子供だった。千紘もおてんばだったが、将太の暴れ者っぷりは桁《けた》が違っていた。手習所の筆子が将太に泣かされない日はなく、勇実も源三郎もさんざんに手を焼いたものだ。

千紘と将太と梅之助の三人が仲良くなったのも、将太がいくらか落ち着いてからだった。仲良きことは美しきかな。ただし、三人揃《そろ》って知恵が回るので、力を合わせてとんでもないいたずらを仕掛けることも、たびたびあったが。

「懐《なつ》かしいな」

勇実はそっと笑った。

今、千紘たちは十七だ。三人でわあわあ騒ぎながら矢島家の庭を走り回っていた頃から、もう五年ほども経《た》っている。

そんな思い出をぼんやりとたどっていたのは、虫の知らせだったのだろうか。

戸がことりと音を立て、細く開かれた。

「勇実先生」

思い描いたばかりの懐かしい顔が、昔よりずっと精悍《せいかん》になって、勇実に笑いかけた。

「おお、将太か！」

将太はがらりと戸を開いた。ずいぶんと背が伸びたものだ。ざっくりとまとめた総髪《そうはつ》の髷《まげ》が、鴨居《かもい》に届いている。

「変わらねえなあ、ここ。勇実先生、ご無沙汰《ぶさた》していました」

大平《おおひら》将太はこの近所に住む御家人の三男坊である。将太の父は自らを御家人と名乗ったが、大平家の男の多くは医者の道を選んでいる。そんな家柄だ。そここに裕福でもある。

将太は医者ではない。

源三郎が教えていた頃の手習所を離れた後、将太はより深く学んでみたいと望み、親戚の伝手《つて》で京の都《みやこ》へと旅立った。京では関心の赴《おもむ》くままに片っ端から学んでいると、半年に一度ほど、勇実に手紙を寄越していた。

勇実は将太を連れて屋敷に戻った。

将太は折り目正しく、源三郎の位牌《いはい》に手を合わせた。それから改めて、勇実と将太は再会を喜び合った。

「とうとう江戸に戻ってきたんだな」

「はい。つい昨日、こっちに着いたんです。京のほうはすっかり引き揚《あ》げてきました。これからは江戸で学び続けながら、手習いの師匠をやろうと考えています」

背筋を伸ばした将太の顔は晴れ晴れとして凜々《りり》しい。勇実はまぶしさを感じた。

「将太は大人びたな。昔とは顔つきが違う」

「昔は力があり余っていたんですよ。自分でも、あれをどうしていいかわからなかった。今も力が涸《か》れたわけじゃありませんが、力の使い道をちゃんと身につけることができました。勇実先生と龍治先生、そして源三郎先生のおかげです」

将太は、屈託《くったく》のない笑みを浮かべた。

この源三郎の手習所で面倒を見始めた頃の将太は、手のつけられない荒くれ小僧だった。一時たりとも机に向かっていられず、筆を握らせればたちまち放り投げ、いきなり立ち上がったり座ったり寝転んだりと落ち着かなかった。

力の加減が苦手でもあった。例えば、隣の筆子の肩に虫が止まっているのを払ってやろうとして、思いっ切り突き飛ばしてしまう。素読《そどく》の教本を開く勢いが強すぎて、びりびりと破ってしまう。

そんなふうに、いじめるつもりがないときですら、どうしても荒っぽい。まして疳《かん》の虫《むし》に火が点《つ》いたときなど、凄《すさ》まじい暴れっぷりだった。六つ年上の勇実でさえ、将太を押さえ込むのに苦労した。

その頃の将太は、親兄弟や親戚からも、もはやあきらめられていた。医と学問の家に生まれた異端児《いたんじ》である。よそへ養子に出そうにも、行儀が一つも身についていないのでは難しい。

源三郎が将太を引き受け、怒りもせずに向き合い続けていられたのは、「血のつながりがない、師匠と筆子の間柄だからだ」と言っていた。

勇実には、その言葉の意味が十分にわからなかった。今もまだわかっていない。親兄弟ではなく、手習いの師匠だからこそ、子供のためにやってあげられる何かがあるのだろうか。

将太は照れくさそうにした。

「暴れてばかりだった頃のことは、あまりはっきりと覚えていないんですよ。俺がきちんと物心ついたのは、龍治先生にぼこぼこにされるようになってからです」

源三郎の手習所で暴れる将太を、初めは勇実が庭へ連れ出していた。将太は庭で引っくり返ってわめき続け、勇実は途方に暮れた。

そこへ助けに入ってくれたのが龍治だった。

龍治はいきなり、将太に重たい木刀を持たせた。将太はめちゃくちゃに木刀を振り回した。危なくて仕方がないと勇実は思ったが、将太が疲れ果てるまで、龍治は注意深く、そして粘り強く付き合ってやった。

龍治がどうやって将太をしつけたのか、勇実もすべてを見てはいない。しかし、三月《みつき》も経たないうちに、将太はめちゃくちゃな暴れ方をやめ、素振りや形稽古《かたげいこ》をするようになっていた。

あり余っている力を、ほどよく発散させる。その術《すべ》が身についてくると、将太はがらりと変わった。

わめくばかりだったのが、快活になった。机の前に座っていられる時が延びた。そうすると、賢い子供であるのが誰の目にも明らかになった。しまいには、源三郎が教えた筆子の中で一番の秀才に、将太は育った。

勇実は将太に尋ねた。

「手習いの師匠をするつもりだと言ったな。手習所を開くのか？」

「ゆくゆくはそうしたいんですが。最初の仕事は、知人の屋敷に呼ばれています。少し病弱なお坊ちゃんに読み書きを教えることになってるんです」

「そうか。期待してくれている人が、もういるわけだ。頼もしいことだな」

将太は居住まいを正した。

「それで一つ、勇実先生にお願いがあるんです」

「何だ、そんなにかしこまって。言ってみろ」

「俺、子供に読み書きを教えたことがないんですよ。少しの間でいいんですが、勇実先生の手習所で見習いをさせてもらえませんか」

勇実は笑って快諾《かいだく》した。

「もちろんいいとも。将太がそんなふうに申し出てくれるとは、父もきっと喜んでくれる。父は将太のことを買っていたからな。私も嬉しいよ。いや、本当にこんなに嬉しいものなんだな」

かつて手を焼いたわんぱく坊主が、大人びて真剣な目で、頼ってくれている。そのことが、自分でも思いがけないほど勇実の胸を弾《はず》ませた。つい声も大きくなった。

将太は、にっと笑った。口がいささか大きめなのが、笑った顔をことさら気持ちのよいものに見せる。精悍な男前に育ったものだ。

「勇実先生にそう言ってもらえると、俺も嬉しいですよ。ああ、でも、いきなり出入りするようになったんじゃ、千紘さんが鬱陶《うっとう》しがるかもしれませんね。子供の頃、さんざん喧嘩《けんか》しましたから」

「千紘さん、か。将太がそんな呼び方をすると、耳慣れなくて笑ってしまうな」

「俺もそう思いますが、昔のように千紘と呼び捨てにするのも、さすがにまずいでしょう」

「人前では、確かにな。梅之助はつい、昔のまま、千紘をちいちゃんと呼んでしまって、好いた娘の前で慌てたことがあるそうだぞ」

将太は目を丸くした。それから、にやりと笑った。悪童の面影《おもかげ》が現れる。

「好いた娘ですか。へえ、梅之助に浮いた話がねえ。隅に置けねえな。後でからかいに行ってやろう」

「ああ、千紘と一緒に、あいさつに行くといい。梅之助もきっと喜んでくれるさ」

千紘と将太と梅之助は、確かにしょっちゅう喧嘩もしていたが、喧嘩するほど仲がいいといった間柄だった。子供ではなくなった今、久しぶりに三人揃えば、思い出話に花が咲くことだろう。

「ところで、千紘さんは？」

「あいつが世話になっていた百登枝《もとえ》先生、覚えているか？　千紘は今、百登枝先生のところに手伝いに行っているよ」

「へえ、それはいい。千紘さん、昔からそうしたいと言っていたんですよ。千紘さんも望みを叶《かな》えたわけだ。やっぱり、大した人ですね。俺と梅之助を尻に敷いていただけのことはある」

「今、あいつの尻に敷かれているのは、私と龍治さんだがな」

勇実と将太は軽口を叩き合い、笑った。

二

千紘が手伝いをしている百登枝の手習所は、回向院《えこういん》前の南本所元町《みなみほんじょもとまち》にある。両国橋の東詰のほど近くだ。

一千石取りの旗本《はたもと》たる井手口《いでぐち》家の屋敷の離れが、百登枝の手習所である。百登枝は井手口家当主の生母で、若い頃から才女と名高かった。

その日の手習いがお開きになり、筆子たちが帰った後のことだ。

手習所は、時ならぬ春の花が一斉に咲いたようににぎやかになった。百登枝がかつて教えていたという女が三人、連れ立って遊びに来たのだ。

女たちはいずれも、年の頃は二十五ほど。千紘は十《とお》近くも離れているので、百登枝のもとでは顔を合わせたことがない相手だった。

老齢の百登枝は、寒さが訪れた頃からぐずぐずと体を壊しがちだったが、懐かしい教え子たちの顔を見て、今日は疲れも病《やまい》も吹き飛んだようだ。

しかし、千紘はいささか居心地が悪い思いをした。嫁《とつ》ぎ先での暮らしぶりについて話が盛り上がる年上の女たちは皆、千紘の年の頃には夫がいたという。

女たちの家柄はさまざまだったが、武家に似合わず気さくでお節介《せっかい》なのは一緒だった。

「あなた、まだ縁談がないんですって？　口うるさいことを言われるでしょう。さっさと決めてしまったほうが気が楽になるわよ」

「千紘さんとおっしゃったかしら。とてもかわいらしいお顔ですし、働き者のようですし、引く手あまたでしょう」

「気になる殿方はいないの？　大丈夫、ここでのことは内緒にしますから、わたしたちに相談してごらんなさい。ねえ、百登枝先生」

興味津々で詰め寄られたとき、頭に浮かぶ人がいなかったわけではない。しかし、千紘はごまかし笑いを浮かべた。

「今は、縁談なんて。何より、まずは兄のことをどうにかしてあげないと、危なっかしくて仕方がないのです。自分のことは、その後ですね」

井手口家の女中を手伝って女たちにお茶を出した後、千紘はそそくさと、百登枝のもとを辞した。

千紘とて、今まで縁談がまったくなかったわけではない。

もう四年近くも前になるが、父の源三郎がぽつりと口にしたことがあった。勇実にも千紘にも筆子の親から縁談の申し入れがあるんだがね、と。

詳しい話は聞かなかった。もしかしたら、当時十九だった勇実は何か聞かされたのかもしれないが、千紘はまだ十三だった。縁談など、ぴんとこなかった。

結局のところ、源三郎がほのめかした縁談はそれっきりになった。三年ちょっと前に源三郎が急死したためだ。

誰だったのだろう、と思う。千紘に縁談を持ってきたという筆子の親は、誰だったのだろう。千紘と誰との縁談だったのだろう。

心当たりはある。

「将太さんだったのかしら、やっぱり」

初めは親の手にも負えないほどの暴れ者だった将太だが、あの頃にはもう、誰の目にも利発な子であると明らかになっていた。千紘の白瀧家も将太の大平家も同じ本所に屋敷を構える御家人で、つり合いがとれてもいる。

もし源三郎が存命で、将太との縁談がまとまっていたら、千紘は今頃、もう嫁いでいたのだろうか。それとも、許婚《いいなずけ》として、京へ学問修業に赴いた将太を待っていたのだろうか。

きっと、そんなことを考えながら歩いていたせいだ。

屋敷の門を抜けた途端に耳に飛び込んできた大きな声が誰のものなのか、千紘には、はっきりとわかった。

「……をさせてもらえませんか」

将太の声だった。

二年前に旅立ったときよりも、太くしっかりとした声になっている。聞き慣れない丁寧《ていねい》な言葉遣いをしている。けれども、あの将太の声に違いなかった。

千紘は思わず立ち止まり、松の木の陰に身をひそめた。そっと屋敷の様子をうかがうと、勇実と将太が向かい合って言葉を交《か》わしている。

話の途中だったから、将太が頼み込んでいるのが何のことなのか、千紘にはわからない。だが、将太はひどく真剣な顔をしている。

対する勇実は、にこやかな調子で応じた。

「もちろんいいとも。将太がそんなふうに申し出てくれるとは、父もきっと喜んでくれる。父は将太のことを買っていたからな。私も嬉しいよ。いや、本当にこんなに嬉しいものなんだな」

千紘はどきりとした。

将太が申し出たら源三郎が喜びそうなこととは、何か。最前まで考えていた、もしもの話で、千紘の頭の中がいっぱいになる。

もしかして、将太は千紘との縁談を持ってきたのではないだろうか。

あまりに唐突《とうとつ》なことで目が回りそうな千紘を置いてけぼりにして、勇実と将太はとんとん拍子《びょうし》に話をまとめていく。

「勇実先生にそう言ってもらえると、俺も嬉しいですよ。ああ、でも、いきなり出入りするようになったんじゃ、千紘さんが鬱陶しがるかもしれませんね。子供の頃、さんざん喧嘩しましたから」

「千紘さん、か。将太がそんな呼び方をすると、耳慣れなくて笑ってしまうな」

「俺もそう思いますが、昔のように千紘と呼び捨てにするのも、さすがにまずいでしょう」

「人前では、確かにな。梅之助はつい、昔のまま、千紘をちいちゃんと呼んでしまって、好いた娘の前で慌てたことがあるそうだぞ」

「好いた娘ですか。へえ、梅之助に浮いた話がねえ。隅に置けねえな。後でからかいに行ってやろう」

「ああ、千紘と一緒に、あいさつに行くといい。梅之助もきっと喜んでくれるさ」

その後も、勇実は楽しそうに、近頃の千紘の様子を将太に伝えている。そして、あの将太が、冗談交じりとはいえ千紘を誉《ほ》めたりなどしている。

千紘は頭がくらくらした。顔じゅうが火照《ほて》っている。

このまま回れ右をして逃げ出そうかとも思った。しかし、体がうまく動かない。胸がどきどきして、息を深く吸うこともできず、だんだん苦しくなってしまう。

将太はしばしの間、勇実と談笑していたが、ふと思い立った様子で言った。

「そうだ。俺、今から道場に顔を出してきますよ。龍治先生にあいさつしてこなきゃ」

「行ってくるといい。龍治さん、きっと喜ぶぞ」

「はい。それじゃあ」

言うが早いか、将太は屋敷を飛び出し、開けっぱなしの木戸をくぐって矢島家のほうへ行ってしまった。

勇実はその背中を目で追って、くすくすと笑った。

「勢いがいいのは変わらないな」

将太がいなくなったので、強張《こわば》っていた体の力が抜けた。千紘は松の木の陰からまろび出た。

足音に気づいた勇実が、目を丸くした。

「千紘、いつの間に帰ってきたんだ？」

「そ、それは、あの」

勇実は、千紘が心を乱していることに気づいたふうでもない。いつもの調子で、のんびりとしている。

「将太が京から戻ってきたんだ。見違えるほど立派になっているよ。千紘ももう少し早く帰ってくればよかったのに。まあ、将太は道場に顔を出したら、またすぐこっちに戻ってくるかな」

千紘は呆然《ぼうぜん》としていたが、呑気《のんき》な顔をした勇実を見ていると、だんだん腹が立ってきた。

「兄上さま、わたしに何か話すことがあるのではありませんか」

声を上げると、隠しようもなく口調が尖《とが》った。

勇実はきょとんとしている。

「話すこと？　何かあったかな。千紘、怒っていないか？」

「怒っているわけではありませんけれど」

「いや、怒っているだろう。どうした？　顔が赤いぞ」

「どうしたではありません！　わたしの気持ちも考えずに勝手に話を進めておいて、こんなにとぼけてみせるなんて、一体何なの？」

「話を進める？　何の話のことだ」

「ですから、今ここで」

勇実はちょっと顔をしかめた。

「将太が持ってきた話か？　やっぱりおまえ、少し前から聞き耳を立てていたんだな。はしたないぞ」

「はしたなくて結構です。だって、あんまりいきなりのことで驚いたんですもの。父上さまの考えは、今となってはもうわからないでしょう。それを兄上さまが勝手に決めつけて、話を進めるなんて」

千紘があまりにとげとげしく責めるので、勇実もさすがにむっとしたようだ。

「確かに千紘の言うとおりだが、勝手に決めつけるなどと、そんな意地の悪い言い方をしなくてもいいだろう。父上が特によく目を掛けていた将太が、しっかりと己の道を見つけて歩き始めたんだ。父上が喜ばないはずがない。違うか？」

おもしろくない、と千紘は思った。

勇実の言うことのほうが正しいのかもしれない。だが、正しさが何だというのだ。何もかもお見通しのような兄の顔が、千紘は憎たらしくてたまらなくなった。

「もう知りません！」

千紘は踵《きびす》を返した。

いらいらして仕方がなかった。千紘は、門から飛び出すと、足早に歩き始めた。

白瀧家と矢島家の境にある、開けっぱなしの木戸のそばから、龍治は動けなかった。

今しがた、母の珠代から、将太が久方ぶりにやって来たようだと聞いたところだ。手習所をのぞいたが、勇実も将太もいなかった。ならば屋敷のほうかと思い、そちらへ向かったところで感じ取ったのは、ひどく張り詰めた気配だった。

将太が真剣な様子で、勇実に何事かを頼んでいた。そうと察した途端、龍治はつい、気配を殺して聞き耳を立てた。

もしかして、と思ったのだ。

「縁談か？　将太の野郎……」

昔、将太は千紘にちょっかいを出してばかりだった。あれは千紘が好きだからではないのかと、当時から龍治は疑っていた。

あの頃は、龍治も暴れ者の将太の師匠の一人だったし、千紘も将太も幼かった。龍治自身、千紘をいとおしく感じる気持ちが親兄弟への思いと異《こと》なるものなのかどうか、はっきりとはわかっていなかった。

今は違う。

あの頃に比べれば、龍治も分別がついた。世間から見れば自分がどんな男なのか、どう振る舞えば自分が望むとおりの自分でいられるか、わかってきたつもりだ。

勇実と将太のやり取りを聞きながら、背筋に冷たい震えが走るほど嫌な気分になっているわけも、龍治は自分でよくわかった。

将太は京から戻って、いの一番に勇実のもとを訪ねた。勇実も将太を歓迎し、縁談の申し出を快《こころよ》く受けている。

あっさりしすぎじゃねえのか、と龍治は歯嚙《はが》みした。勇実さんには悪いが、俺は黙って譲ってやる気はないぜ。

そのときだった。

「そうだ。俺、今から道場に顔を出してきますよ。龍治先生にあいさつしてこなきゃ」

いきなり将太が龍治の名を口にした。

勇実はにこやかにうなずき、龍治が隠れているあたりを指差した。

龍治はびくりとしたが、勇実の指先はこちらを向いているものの、龍治の姿を認めているわけではないようだ。勇実はあくまで将太のほうを向いて、にこにことしゃべっている。

「行ってくるといい。龍治さん、きっと喜ぶぞ」

「はい。それじゃあ」

将太が立ち上がって、こちらへ向かってきた。

龍治は、勢いよく跳びすさって木戸から離れた。

間髪《かんはつ》をいれず、将太が木戸をくぐって姿を現した。大きな口で、にっと笑う。

「やっぱり龍治先生だった。お久しぶりです」

きりりと冷えた風が庭を吹き抜けた。冬は、昼を過ぎたと思うと、あっという間に日暮れに近づく。

龍治は、足元に長く伸びた影を睨《にら》んだ。

「気づいてたのかよ」

「さっき、ちらっと見えた気がしたんですよ。お変わりないですね」

「おまえはでかくなったな」

「二親《ふたおや》がどちらも大きいので。龍治先生、何だか機嫌が悪いみたいですけど、どうしたんですか。そんな顔するなんて、珍しいな」

龍治は笑い返してやろうとした。どんなときでも明るく、からりと笑っているのが、矢島龍治という男だ。そう念じてみたが、駄目だった。

気に食わない。どうしても、許せないのだ。

情けないし、みっともない。自分でもそれがわかっているものの、腹の中でふつふつとたぎるものを抑《おさ》えておけなかった。

龍治は顔を上げた。将太との間合いは、手を伸ばせば届くほどに近い。こうも近いと、思い切り見上げなければならない。

「探り合いは苦手だ。将太、正直に答えてくれ。勇実さんとの今の話は何だったんだ？　ずいぶん熱心に頼み込んでいるように見えた。きちんとした話だったんだろう。例えば、えん……」

縁談と言いかけて、龍治は言葉を呑《の》み込んだ。口出しをできる立場にはないと、ぎりぎりのところで思い直したのだ。

将太は目を丸くしたが、すぐにまた、にっと笑った。

「龍治先生、今、縁談って言おうとしました？」

「……何でもねえよ」

「へえ、なるほど。ああ、そういうことか。いや、むしろ、てっきりそういう話がまとまっているものだと考えていたんだけど、違うのか」

龍治は舌打ちをした。

「ごちゃごちゃうるせえぞ。なあ、将太。正直に答えろ。さっきは、勇実さんと何の話をしていたんだ」

「知りたいですか？　でも、龍治先生にそんな怖い顔をされるような話ではないはずですよ。龍治先生には、教え子が一人前になって帰ってきたと、もっと喜んでほしいんですがね」

「はぐらかすな。喜んでやりたいのはやまやまだが、俺にも、ここから後には退《ひ》けねえ一線ってものがある」

「退けねえ一線か。でも勇実先生は、龍治先生と千紘さんの仲について、俺に何も教えてくれませんでしたよ」

「俺と千紘さんの仲だと？」

「そういうことじゃないんですか」

将太は、龍治を試すように、あるいはからかうように言った。龍治は、ついに頭に血が上《のぼ》った。

「だから、はぐらかすんじゃねえってんだよ！　おまえ、変わったな。昔からいたずらをするためのおつむはよく働いちゃいたが、ここまで舌が回るやつでもなかっただろう」

将太は龍治を見下ろし、声を立てて笑った。

「龍治先生は、本当に変わってねえんだ。裏表がなくて、隠し事や嘘《うそ》が苦手な、いい人ですよね。そうだ。昔みたいに立ち合い稽古をやりましょうよ」

「話をそらすな」

「そらしてませんよ。だって、ほら、どんな人も剣筋では嘘をつけないものだと、龍治先生がよく言っていたでしょう。道場で木刀を持てば、俺、隠し事も嘘もできなくなります」

「それで、立ち合い稽古か」

「龍治先生は、剣を手にしたときがいちばん冷静でしょう。まず頭を冷やしましようよ。話はそれからということで、どうです?」

掌《てのひら》の上で転がされている。龍治はまた舌打ちをしたが、こうも痛いところを突かれてしまっては、将太の話を呑まざるを得ない。

「乗ってやろうじゃねえか」

「立ち合い稽古、受けてもらえますか」

後に退けない一線があると言ったのは、龍治自身だ。このまま将太に全部持っていかれてしまうのを、指をくわえて眺《なが》めてなどいられない。

「将太、俺は強いぞ」

「知ってます。今まで一度も勝ったことがないし、俺だって京で稽古を続けていたとはいっても、龍治先生のほうがもっと鍛錬《たんれん》を積んできたでしょう。ただの力比べならともかく、本気で打ち合いをしたら、俺に勝ち目はない」

「本気でやらなけりゃ、意味がないだろう」

将太は楽しそうにうなずいた。

「俺に案があります。龍治先生、利《き》き腕を使わないでください。そのくらいの差があれば、いい勝負になると思いますよ」

三

勇実は途方に暮れてしまった。

千紘がいきなり噛みついてきたのは、どういうことだったのか。心当たりがちっともない。千紘も将太にあいさつくらいしてほしかったのに、止める間もなく飛び出していってしまった。

「じきに日が暮れるぞ。すぐに帰ってくればいいが」

いや、今までにも、千紘がへそを曲げて飛び出してしまい、夜通し帰ってこなかったことがある。何度もある。行き先はたいてい、井手口家の離れに住まう百登枝のところだ。百登枝がこっそり下男を走らせ、知らせに来てくれるものだが。


気を晴らそうと、勇実は寝転んで読書を始めた。

ところが、それを早々に中断することになった。

与一郎が頭を掻《か》き掻き、矢島家のほうから現れたのだ。

「将太が帰ってきたのだな。今、道場に顔を出してくれているんだが」

「ええ。つい今しがた、そっちに行かせました。しばらくの間、将太は私の手習所に通いますよ。筆子を教える経験を積みたいそうです」

「それはよい心がけだ。将太は立派になった。源さんにも見せてやりたかったな」

「はい。父も喜んでいると思います。将太はきっと、いい師匠になりますよ」

与一郎は懐かしそうにうなずいた後、太い眉《まゆ》をしかめた。

「それはそうと、龍治のやつがおかしいのだ。将太が帰ってきたのを喜ぶかと思えば、目を吊り上げて息巻いておる。今から将太と立ち合い稽古をすると言い出してな」

「立ち合い稽古ですか？　いきなり？」

「うむ。しかも龍治は、形の上では立ち合い稽古だが実のところは真剣勝負だ、などと言いおるんだ。将太は平然としておるんだが。一体何があったのか、勇実は知らぬか？」

勇実は首をかしげた。

「さあ？　どうしたんでしょうか。目を吊り上げてとは、龍治さんらしくありませんね。千紘に続いて龍治さんまで、何をかっかしているんだか」

「おや、千紘もか？」

「ええ。さっき、急に怒って出ていきました。なぜあんなに機嫌が悪かったのか、私にはまったくわからなかったんですが」

与一郎は考えるそぶりで、いかつい顎《あご》を撫《な》でた。

「何はともあれ、勇実も道場に来てくれ。真剣勝負というなら、立会人は一人でも多いほうがよかろう」

「はあ。わかりました」

勇実が首をかしげながら道場に赴くと、与一郎の言ったとおりだ。龍治と将太がそれぞれ、立ち合いの支度をしているところだった。

門下生はもう引き揚げてしまったようだ。そもそも今日は稽古に来る者が少なかったという。勇実の手習所と同じで、炬燵開きの頃には皆、冬支度のために何かと手を取られるらしい。

勇実は龍治に呼ばれた。

「頼みがある。俺の利き腕を縛ってくれ」

龍治は右手を腰の後ろに回し、勇実に襷《たすき》を差し出した。

「左手だけで勝負するのか」

「そういう取り決めになった。でなけりゃ、俺があっという間に勝っちまうだろう」

「しかし、こんなふうに縛ったら、右腕を振ることすらできない。一度でも体勢が崩れたら、立て直すのは至難の業《わざ》だ」

「わかっているさ。将太の体つきを見れば、しっかり稽古を続けてきたことも明らかだ。厳しい勝負になるかもしれねえ。それでも、俺はこれで勝ってみせる。今の俺は、自分自身をこのくらい追い込むのがちょうどいい」

勇実はわけがわからないままだった。とりあえず龍治の言うとおりに、襷で龍治の利き腕を封じてやる。

「龍治さん、これは一体、何のための立ち合いなんだ？　ただ懐かしくて稽古をつけてやろうとしているようには見えないぞ」

「何のため、か」

「賭《か》け試合じゃないだろうな？」

「心配しなくても、金なんか賭けちゃいねえよ。懸《か》けているのは、もっと大事なものだ」

襷掛けをした将太は、素振りを始めた。木刀が空を打つ唸《うな》りが、規則正しく道場に響く。

龍治も左腕だけで木刀を振るってみている。普段使っているものよりずっと短い、刃長《じんちょう》一尺（約三十センチ）ほどの小太刀《こだち》だ。龍治は手元に息を吹きかけ、手の内を整える。

勇実は壁際に下がって、龍治の様子を見ていた。

「大丈夫なのかな。龍治さん、様子がずいぶんおかしいが」

与一郎が勇実に耳打ちした。

「片腕だけでの勝負なら、龍治は慣れておる。幼い門下生を相手にするときには、よくやりおるんだ」

「ですが、相手は幼子ではなく将太ですよ」

「将太の体つきは、なかなかのものだ。無駄に大きいわけではなく、よく引き締まっておる。背丈も龍治より七寸（約二十一センチ）、いや八寸（約二十四センチ）は大きいようだ。力が強かろうな」

「龍治さんと将太は、なぜ急にこんな勝負を言い出したんでしょう？　ちょっと話を聞いたくらいでは、やはり何もわからないんですが」

「勇実にも話さなんだか。困ったやつめ」

龍治と将太の目が合った。龍治がうなずき、将太が微笑んだ。言葉はなかった。視線を結んだまま、ゆるゆると近づき合う。

互いに切っ先の届かぬ間合いで足を止める。刀を納《おさ》めた格好で一礼し、抜刀《ばっとう》の仕草。晴眼《せいがん》に構えて気息《きそく》を整える。

龍治はすっと静かに目を細め、将太はかっと目を見開いた。

だん、と床が踏み鳴らされた。

先に仕掛けたのは龍治だ。縮地《しゆくち》と見紛《みまが》う踏み込みの速さで、将太の懐に飛び込もうとした。

音高く木刀が打ち鳴らされる。

将太が龍治の攻め手を防いだ。刀身が絡み合ったのは一瞬。押し合う力を活かして、龍治はぱっと跳び離れる。

次は将太が攻めた。上段から勢いを乗せた一撃。

龍治は躱《かわ》す。

さらに将太が攻める。龍治はまた躱す。

将太の攻撃は見るからに重い。片腕で防ぎきれるものではないだろう。次々と繰り出される攻撃を、龍治は決して木刀で受けることをせず、ひらひらと躱し続ける。

不均衡《ふきんこう》な闘いだ。龍治は防戦一方である。いや、逃げ回る一方と言おうか。将太の攻撃を迎え打つことをせず、木刀の切っ先を下げたままだ。

しかし、龍治の顔つきからは劣勢《れっせい》を読み取れない。

龍治は将太へと、冷静なまなざしを据《す》えている。呼吸を乱す様子もなく、将太の猛攻から右に左にと逃れる。下がり続ける足取りは確かで、背中に目があるかのようだ。

将太の口から猛々《たけだけ》しい気迫がほとばしる。攻め手はどんどん激しくなる。ぶんぶんと、木刀が唸る。将太は、牙《きば》を剝《む》くような笑みを浮かべた。

勇実はぞくりとした。見ているだけでも、武者震いをしてしまう。

「楽しんでいるな、将太のやつ」

それは龍治が手強いからだ。

将太は初め、利き腕を封じた龍治の力を測《はか》った。加減が必要だろうかと、一応は自分に歯止めをかけた。

龍治の身のこなしは、将太の見込みをはるかに超えたようだ。本気でかからねば、龍治の体に木刀を触れさせることができない。それを悟《さと》り、将太はむしろ楽しくなったらしい。

吠《ほ》えるような大声を上げながら、将太は斬り、払い、薙《な》ぐ。

将太の体が大きく力が強いぶん、木刀が短く軽く見える。将太が無造作《むぞうさ》に振るう一撃は、常人《じょうじん》が必勝を懸けて繰り出す大技にも等しい。食らえば、ひとたまりもない。

子供の頃の将太は、尽きることのない力を持て余し気味だった。それは今でも衰《おとろ》えていないようだ。

「あれでは龍治のほうが先にくたびれるぞ」

与一郎がぼそりと言った。

龍治の耳に与一郎の声が聞こえたわけではあるまい。が、与一郎のつぶやきと機を同じくして、勝負の流れが変わった。

将太が袈裟《けさ》斬りの一撃を放った。龍治は木刀を絡ませ、勢いをいなし、するりと流した。

躱すばかりだった龍治が、ついに打って出たのだ。

将太は、返す刀で追撃した。すでに龍治の木刀が待ち構えている。将太の凄まじい攻め手は勢いを削《そ》がれる。

龍治が仕掛けた。ぱっと視線を走らせた。

一瞬、将太は龍治の視線につられた。わずかに動きが止まった。隙《すき》とも呼べぬほどの刹那《せつな》の時だ。

しかし、龍治にとってはそれだけで十分だった。

龍治はごく軽く跳んだ。半端な高さにある将太の木刀の棟《むね》に、両足で降り立つ。将太が驚きに目を見張った。

ひゅっ、と龍治の木刀が鳴った。切っ先を将太の顎の下で寸止めしている。

「勝負ありだな」

龍治は宣言し、将太の木刀から跳び下りた。その弾みで、将太は木刀を取り落とした。

　将太は負けたにもかかわらず、からりとして笑った。

「さすが龍治先生だ。すごいことをしてくれますね」

　一方、勝った龍治は、勝負の前よりも切羽詰《せっぱつ》まった顔をしている。

「おだてなくていい。さっきの話の続きだ。約束しただろう。ちゃんと話せよ」

　将太は屈《かが》み込んで龍治のいましめを解いてやりながら、勇実のほうへ、いたずらっぽい笑みを向けた。

「勇実先生、聞いてくださいよ。さっき勇実先生にお願いした件、龍治先生が途中から聞き耳を立てていたらしいんです」

　龍治は右腕をぷらぷらと振った。

「不作法なことをした。でも、出ていくわけにもいかなかった」

　勇実は笑った。

「出てきてもらってもかまわなかったぞ。龍治さん、何を遠慮しているんだ。相手は、この将太だぞ」

「いや、しかし……」

将太は、こらえきれなくなった様子で噴き出した。

「遠慮じゃなくて、早とちりなんですよ。久々だってのに、龍治先生、いきなり俺のことを睨みつけるんだから。しかも、龍治先生の口から、まさか縁談なんて言葉が出るなんて！」

将太は腹を抱えて笑い出してしまった。切れ切れに何かを言うが、笑いにまぎれてしまって聞き取れない。

龍治は顔を引きつらせた。

「おい、待て、将太。さっき何と言った？　早とちりだって？」

勇実は何が何だかわからなかった。

いち早く答えにたどり着いたのは、与一郎だった。与一郎は呆《あき》れ顔をした。

「龍治、おまえはもしや、将太が勇実のところを訪ねてきたのは、千紘に縁談を申し込むためだと早とちりしたのか」

将太がげらげら笑いながらうなずいた。

勇実は目をしばたたいた。

「縁談だって？　龍治さん、それは違う。将太が私に持ち掛けた相談は、手習いの師匠として修業を積みたいと、そういう話だ。龍治さんはあの話を途中から聞いて、私が千紘への縁談を受け入れたと思ったのか？」

龍治はあんぐりと口を開けた。かと思うと、みるみるうちに真っ赤になった。

「将太！　おまえ、俺をからかったな！」

「からかいましたよ。だって、龍治先生があんなに機嫌の悪い顔をするところ、初めて見たから、もう、おかしくって」

将太は目に涙まで浮かべて笑っている。

与一郎は額《ひたい》を押さえた。言葉を探しているそぶりだ。勇実と与一郎は、互いに視線を交わす。

龍治は真っ赤な顔を両手で覆《おお》ってうずくまった。きれいに剃《そ》った月代《さかやき》まで、ゆでだこのように赤い。呻《うめ》き声を上げるばかりで、言葉は出てこない。

勇実は、今さらようやく、龍治が胸に抱える想いをはっきりと知った。

龍治は勇実にとって、顔を合わせぬ日などない、兄弟のように近しい友である。それでも、互いの胸中など、きちんとは見えてこないものだ。

「龍治さん、ええと……」

勇実が口を開きかけたのを、龍治が止めた。

「何も言わないでくれ。頼む」

「わかった」

龍治は、赤いままの顔を上げた。頬《ほお》が紅潮《こうちょう》しているばかりではなく、目まで充血した龍治の顔は、今にも泣き出しそうに見えた。

「いずれ自分の中でけじめをつけて、ちゃんと言う。こんな中途半端なことをするつもりじゃなかったんだ。勇実さんも、親父も、少し待っていてほしい。今はどうにも取っ散らかっちまって、駄目だ」

与一郎は黙ってうなずいた。

勇実は一言だけ告げた。

「千紘のためになる道を選んでくれよ」

「わかっている」

龍治は息苦しそうに答えて、また顔を伏せた。

もしかして、と勇実はひらめいた。千紘も龍治と同じ早とちりをしてしまったのではないか。それで怒って、飛び出していったのでは。

「千紘のやつ、好いた相手でもいるのか？」

勇実はつぶやいた。

相変わらず、龍治は頭を抱えてうずくまっている。その傍《かたわ》らで、将太はいつまでも笑い転げていた。

四

夕日がほとんど沈みそうな頃、千紘は八丁堀を歩いていた。

思わず屋敷を飛び出してしまった。

千紘が勇実に腹を立てて飛び出すことは、二、三年前までは、よくあった。駆け込み寺は百登枝のところだったが、今日は駄目だ。あの来客たちがまだ帰っていなかったら、ますますみじめな思いをしてしまう。

ならば菊香のところに行こうと、熱くなった頭で考えた。

どんどん足を進めて八丁堀に至った頃には、体はほかほかと温まっており、代わりに頭はずいぶん冷えていた。

「何をしているのかしら、わたし」

かっとなってしまったが、もっときちんと話をすればよかったと、今にして思う。

なぜあんなに頭に血が上ったのだろうか。縁談のことだって何だって、心構えがあったなら、はっきりと自分の考えを言えたのに。

八丁堀北紺屋町《きたこんやちょう》にある亀岡家の屋敷の近くに至った頃には、千紘の足取りはぐずついていた。

しかし、本所の屋敷に戻るには、もうすでに遅い。今から引き返しても、帰り着く前に真っ暗になってしまう。

「あら、千紘さん」

後ろから声を掛けられ、千紘ははっとした。

「菊香さん……」

「何かご用があってこちらに？」

千紘は、探るような菊香の顔から目をそらした。ええと、と口ごもったが、言い訳など見つからない。千紘はうつむいて白状した。

「兄と喧嘩をしてしまいました。それで、思わず飛び出してきたのはいいんですけれど、行くあてもなくて……」

まあ、と菊香は声を上げたが、ふわりと微笑んで千紘の手を取った。

「もしかして、わたし、千紘さんのお役に立てるかしら。よかったら、うちの屋敷に遊びに来てくださらない？」

「でも、そんな」

「ね、千紘さん。泊まっていってくださいまし」

千紘は上目遣《うわめづか》いで菊香の顔色をうかがった。

「急に押し掛けたりして、お邪魔ではありませんか」

「ちっとも。ゆっくりお話ししましょう」


千紘は菊香に連れられて、亀岡家の門をくぐった。

亀岡家は家禄百五十俵の旗本である。菊香の父甲蔵《こうぞう》は小十人組士を務めている。貧しくはないが、決して裕福ではない。

菊香は少し気恥ずかしそうに千紘に告げた。

「我が家は旗本とはいっても、本当に小さな家なんですよ。亡き祖父より年嵩《としかさ》の小者を一人住まわせているだけなの。わたしが家のことをできるようになってからは、通いの女中すらいません。千紘さん、気兼ねなく過ごしてくださいね」

ありがとうございます、と返事をしたものの、千紘もさすがに恐縮してしまう。

今さらだが、幼くわがままな子供のような振る舞いをしていることが恥ずかしくなった。千紘は菊香の父の甲蔵と母の花恵《はなえ》にあいさつをすると、貞次郎と話すのもそこそこに、通された部屋で硬くなっていた。

千紘が寝泊まりをすることになったのは、菊香の部屋だ。もとは女中部屋だったという三畳間である。襖《ふすま》も長持《ながもち》も古いものだが、色紙を貼って花模様をあしらったり、傷のあるところを修繕したりと、丁寧に使ってあるのがうかがえる。

「菊香さんらしい部屋ね」

ふんわりと、かすかに甘い香りがする。千紘も知っている匂いだ。少し考えて、香りの正体にたどり着く。

くちなしの香りだ。部屋の隅に小さな香炉《こうろ》が置かれている。

お茶を運んできた菊香が、千紘の視線の先をたどって、微笑んだ。

「庭にくちなしの木があるのです。花を摘んで乾《かわ》かしておくと、季節が過ぎても、こうして残《のこ》り香《が》を楽しめるの」

「すてきですね」

「油や塩に漬け込むと、もっとちゃんと香りが長持ちするのですって。来年の花の季節には、千紘さんも一緒に作ってみませんか」

「そうね。楽しそう」

千紘がしおれているのは、亀岡家の人々にも伝わったようだ。何かと気を使ってくれたので、食事から何から、千紘は部屋から出ずに過ごした。菊香はまめまめしく千紘の世話を焼いた。いつぞや菊香を白瀧家で預かったときと、ちょうど逆だ。

しかし、ゆっくりお話ししましょうと菊香には言われたものの、何をどう話せばいいのか。千紘はぐずぐずと悩んでしまった。

千紘がようやくことの次第を菊香に打ち明けたのは、床を延《の》べ枕を並べて、甘い葛湯《くずゆ》を手にしながらのことだった。

「兄上さまが勝手にわたしの縁談を進めようとしていたんです。わたし、もうびっくりしてしまって。しかも、縁談の相手は、わたしと同い年の喧嘩友達のような幼馴染《おさななじ》み。縁談だなんて、まったく考えられないような相手なんです」

一息に言い切って、千紘はうなだれた。

菊香は、何となく察していたのだろう。驚く様子もなく、やんわりと受け止めた。

「縁談ですか。お相手は、気心の知れた人ではあるのでしょう」

「見知らぬ相手よりはましかもしれないけれど、でも、やっぱり将太が相手じゃ絶対に嫌」

子供の頃の癖で、千紘はつい、将太と呼び捨てにしてしまった。

菊香は、くすりと笑った。

「でも千紘さん、そういうお話がいつあってもおかしくない年頃ですもの」

「わかっていたつもりですけれど、いざ目の前に突きつけられると、驚いてしまうわ。ねえ、菊香さんはどうなんですか」

「わたしは、そういうお話はもう来ないんじゃないかしら」

千紘は目を丸くした。

「なぜです？　菊香さんは針仕事が得意だし、手先が器用で、気立てもよくて、何でもできて。わたしが男だったら、放っておかないわ」

「ありがとうございます。そう言ってもらえるのは嬉しいけれど、何というか……そういうことではないみたい」

「どうしてですか」

「わたし、前の縁談が反故《ほご》になってしまったでしょう。この界隈《かいわい》ではずいぶん噂《うわさ》になってしまったんです。嫁に迎えるには、縁起が悪いですよね。わたし、年が明ければ二十になりますし。すっかり行き遅れてしまいました」

「そんな。あの件は菊香さんが悪いわけじゃなかったのに」

「人を見る目がなかったわたしも愚《おろ》かだったということですよ」

「愚かだなんて……」

「近頃はわたし、一人で生きていくことを考えているんです。どこか大きなお家の奉公に上がることができれば、悪くはないのではないかしら」

菊香は静かに微笑んでいる。傷ついたことはもう忘れたと言わんばかりに、湿っぽさはない。

千紘さんはどうなのですか、と菊香は促《うなが》した。千紘は迷いながら言葉を紡《つむ》いだ。

「わたし、今まで、ちゃんとした縁談の申し込みがなかったんです。父が急に亡くなったせいもありますけれど。好いて一緒になりたいと思った人もいません。十七にもなって、ずいぶん呑気な話ですよね」

「人それぞれですよ」

「母が生きていたら、またいろいろ違ったのでしょうね」

「そうですね。わたしの母もおとなしいように見えて、わたしの前の許婚については、本当にたくさん口出ししてきましたから」

「わたしは、母のことをほとんど覚えていないんです。母を亡くした後、本所へ家移りしたばかりの頃は、本当に大変だったようですけれど、その頃のことも、あまり」

「お父上さまがお役を辞して小普請入《こぶしんい》りされて、本所に移って手習所を始められて、でしたよね。千紘さんのお兄上さまから、少しうかがいましたよ」

「大変だったとはいっても、そこまで貧しかったわけではないし、まわりの助けがなかったわけでもないそうです。むしろ、暮らしに困ったことがないくらい、いろんな人に見守られてきた。特に与一郎おじさまと珠代おばさま、龍治さんにたくさん助けてもらって」

菊香はふと、声をひそめた。

「前からお尋ねしようかと思っていたのですが、いいかしら。矢島さまは、どうなのです？」

「どうって、何のことですか」

「矢島さまのご子息と、千紘さん。下世話な言い方になるけれど、どういう仲なんです？　お約束をしているのではないの？」

千紘は目を見張り、ぶんぶんと勢いよくかぶりを振った。

「違います。龍治さんは、そんなんじゃありませんっ」

「あら、違うのですか」

「そんなふうに見えます？」

「初めの頃は、そうなのかしらと思っていました」

「龍治さんは全然、そんな……いえ、ずっと昔、わたしが八つかそこらの頃に、父上さまと与一郎おじさまがお酒を飲みながら、そういう話をしたことはありました。でも、わたし……」

千紘は恥ずかしくなって言葉を詰まらせた。いつの間にか心の臓は激しく打ち、顔が火照っている。

菊香はにこにこと黙ったまま、千紘の話の続きを待っている。千紘は仕方なく白状した。

「わたし、そのとき、与一郎おじさまのお嫁さんになりたいと言ってしまったんです。おじさまは見るからに頼もしくて、大好きでしたから」

「ああ、わかる気がします。腕が立って頼もしくて、どっしりとして、それでいて朗《ほが》らかなお人ですよね」

「おじさまのことは今でも慕《した》っているけれど、でも、あのことは思い出すだけでも恥ずかしいわ。大人たちを困らせたでしょうね。それっきり、少なくともわたしの前では、父と与一郎おじさまの間でそういう話が交わされることはなくなりました」

　菊香はくすくすと笑った。小さな明かりに照らされると、伏しがちな長いまつげが影を落として、昼間とは違った様子だ。

　きれいな人だと、千紘は菊香のことを思う。派手な美しさではない。しかし、たおやかな目元だとか、ふわりとした微笑み方だとか、優しい響きの声音《こわね》だとか、凛《りん》とした立ち姿だとか、何気ない様子が人の目を惹《ひ》きつける。

　自分が持っていないものに惹かれるのだ、とも思う。千紘はせっかちで、うるさくて、ちょこまかと動き回ってばかりだ。武家の娘らしくないのは、自分でもよくわかっている。

「わたし、菊香さんのようになりたいわ」

　ぽつりとこぼすと、菊香は小首をかしげた。

「あら、どうしてかしら。わたしは千紘さんのことがうらやましい」

「わたし？」

「千紘さんがいると、その場がぱっと明るくなるでしょう。お天道《てんと》さまみたい。わたしはどうもぼんやりしがちだから、千紘さんのような人に憧《あこが》れるんです」

「落ち着きがないだけですよ、わたしなんて。年より幼く見られてしまうし。困ったものです」

「千紘さんは、わたしとは逆ね。わたし、十四、五の頃から、年より老《ふ》けて見られるんですよ」

「菊香さん、老けてなんかいないのに。世の中には見る目のない人が多いのね」

千紘と菊香は、額を寄せて笑い合った。

一度笑い出してしまうと、なかなか収まらない。手にしたままの葛湯をこぼしそうになって、慌ててお盆の上に置く。そうしながら、千紘も菊香も、目と目が合うたびにまた笑い出してしまう。

ようやく笑いが落ち着く頃には、涙まであふれていた。

菊香は目尻を拭《ぬぐ》いながら、千紘に尋ねた。

「ねえ、千紘さん。さっきのお話の続き。矢島さまとは本当に何のお約束もしていないの？」

「まったく何も。もしわたしの知らないところでそういう約束があったとしても、父上さまたちの間でのことよ。兄上さまや龍治さんは関わっていないと思う。隠しておける人たちではないもの」

菊香は納得した様子でうなずいた。

「わたしは千紘さんのお兄上さまや矢島さまのお人柄を存じ上げているから、きっとそうだと思います」

「菊香さん、そんなにかしこまった言い方をしないで。兄たちのこと、名前で呼んでくれていいのですよ」

「では、勇実さま、龍治さまとお呼びしてしまっていいかしら」

「あの人たちは気にしないわ。もちろんわたしも」

菊香は稽古をするように、口の中で勇実と龍治の名を転がした。それから、改めて言った。

「千紘さんが龍治さまと、というふうに勘繰《かんぐ》ってしまうのは、わたしだけではないと思います。でも、勇実さまはきっと、そのあたりのことに気が回っていないのでしょうね。龍治さまは、もしかしたら、わかっていながら隠しているのかもしれませんけれど」

「龍治さんが？　そうかしら」

「何となく、わたしの目にはそんなふうに見えるんです。そして、まわりの人たちの目にも、同じように見えているのではないかしら。千紘さんに縁談が来ないのも、矢島家に遠慮してのことではありませんか？」

千紘はぽかんと口を開けた。

「そんなふうに見えるなんて……でも、わたし、そんなつもりは全然ないのに」

「では、龍治さまに縁談は？」

「聞いたことがないわ。まさか、それもわたしに遠慮してということ？　でも、龍治さんは二十一で、まだそういう話がなくても……」

千紘は言い募《つの》ろうとしたが、尻すぼみになった。ようやくのことで、自分と龍治が世間からどんなふうに見られているか、思い至ったのだ。

勇実の教え子たちや百登枝の手習所の筆子たちに、龍治との仲をからかわれることはある。が、千紘は本気で受け止めていなかった。子供というのは単純で、男と女がいたら夫婦としてくっつけたがるものだ。そんなふうに考えて、適当にあしらっていた。

菊香に言われて初めて、きちんとわかった。

「どうしましょう。わたしと龍治さんって、本当に、そんなふうに見られていたのですね。ええと、どうしましょう？　待って。わたし、与一郎おじさまと珠代おばさまのことは親のように思ってきたし、龍治さんは兄も同然と思ってきたのに」

呆然とつぶやく千紘に、菊香は葛湯の湯呑《ゆのみ》を手渡した。

「すっかり冷めてしまいましたね。千紘さん、葛湯を召し上がれ。飲んだら、ちょっと落ち着きますよ」

千紘は勧められるまま、葛湯を口に含んだ。とろりとして甘い。すりおろした生姜《しょうが》を少し落としてあるので、喉《のど》にじんわりと染みる。

「おいしい」

「ね。ほっとするお味でしょう」

「ええ」

菊香も一口、葛湯を飲んだ。

しばらくの間、二人して、じっと押し黙っていた。

それから、菊香はおもむろに千紘に問うた。

「千紘さんは龍治さまのことを、兄である勇実さまと同じように、大切に思ってきたのですね」

「大切。そうね。龍治さんは、わたしにとって大切な人ではありますす」

「許婚ではないのかと問われて、どんな気持ちになりました？」

「頭がぐちゃぐちゃになりました。だって、きちんと向き合ったことがない問いだったのですもの」

「では、もしもほかの誰かが龍治さまとの縁談を進めたいと思っている、と聞いたら？」

千紘はどきりとした。

「まさか、菊香さん……」

菊香はころころと声を立てて笑った。

「違いますよ、わたしは違います。もしもの話です。でも、今、千紘さん慌てたでしょう。それが答えかしら」

「だって、菊香さんはすてきな人だから、競《きそ》ったら勝てないもの」

言葉にして、それから気がつく。

龍治の心が誰かのもとへ行ってしまったら、千紘はどう感じるだろうか。

千紘は呆然とした。

考えないふりをして、目をそらしてきた。けれども、気づいてしまったからには、もうその問いから逃れられない。答えを出さずにはいられない。

「どうしましょう」

　また、千紘はつぶやいた。

　菊香は静かに微笑んで応じた。

「どうするのが、いちばん千紘さんの気持ちに添うのかしら。初めの話に戻ると、問題は、幼馴染みさんとの縁談だったでしょう」

「そうだわ。将太さんが相手というのは、わたし、考えられないの。でも、それなら、誰が相手だったら、わたしはあんなにいらいらしなかったのかしら」

　龍治が相手だったら？

　考え始めたところで、千紘は額を押さえてかぶりを振った。慌てて答えを出してはならないと思った。

　胸が詰まるような心地だった。そのせいで、冷めた葛湯をおしまいまで飲むことができなかった。


　その晩、千紘は夢を見た。

　大きな満月が明るい中を歩いていた。

　千紘は、桜の花のようにごく淡《あわ》い色をした、信じられないくらい薄くてきれいな着物を身にまとって、心が浮き立っていた。

誰かと会う約束をして、それが千紘には嬉しくてたまらなかった。うんとめかし込んできたのが、少し気恥ずかしかった。

けれど、会いたくてたまらない。

いつしか足がひとりでに急いで、千紘は駆け出した。羽が生《は》えたかのように軽やかに走っていく。

美しく輝く満月が、まっすぐな道行きを照らしていた。千紘は迷うことなく進んでいった。一人きりの夜ではあったが、少しも怖くなかったし、寂しくもなかった。

だって、この道を進んだ先で待っていてくれる人がいるから。

ふわふわと浮き立つ幸せな心地のまま、千紘は夢の中を駆けた。

朝の気配を感じて目を覚ましたとき、夢で見た景色をよく覚えていた。悩みを抱えて眠りに就《つ》いたはずなのに、夢の中では明るい気持ちだった。

「よく眠れたようですね」

先に起き出していた菊香に、千紘は夢のことを話した。

「満月の夢を見ました。何だか、心がうきうきするような夢でした」

菊香はにこにこしていた。

「それは吉夢《きちむ》ですよ。満月が夢に現れたら、望みが叶ったり幸せが訪れたりする証《あかし》だそうです。月は女の味方をしてくれるともいうそうです」

「本当に？」

「ええ。母の受け売りですけれど。母は、わたしや貞次郎を授《さず》かったときに満月の夢を見たんですって。千紘さんにも、きっといいことが訪れますよ」

千紘が朝餉《あさげ》をとっていたら、矢島道場の門下生が稽古着姿で現れた。一足先に食べ終えた貞次郎が庭で稽古をしており、門下生と話をして、千紘に取り次いだのだ。

井手口家に千紘がいなかったので、きっとここだろうと、勇実が推《お》し量《はか》ったらしい。門下生は勇実の手紙を預かっていた。

まるで機先を制するように、勇実の手紙は将太のことが書かれていた。

「将太さんが兄上さまの手習所で筆子の指南をする？　昨日はその話をしていた、ですって？　将太さんはまだ、兄上さまの弟子の立場。独り立ちするまで縁談を考えることはできないらしい、ですか」

二度三度と手紙を読んだが、裏などないように感じられる。

手紙を読んだ菊香は、ふわりと笑った。

「千紘さんの早とちりだったのではないでしょうか」

「えっ？　早とちりですって？」

「昨日、千紘さんが勇実さまと交わしたお話はきっと、どこかで何かが食い違っていたのですよ」

「でも……」

「千紘さん。勇実さまと、きちんとお話ししてきてください。喧嘩をしたといっても、この手紙からは、勇実さまが怒っているようには感じられません。大丈夫ですよ」

「そう……そうかもしれないけれど」

千紘は狐《きつね》につままれたような気持ちになった。小首をかしげて頬に手を当てる。

満月の夢の名残《なごり》がまだ、胸を優しく温めていた。

夢の中でわたしを待っていた人は誰だったのだろう、と、千紘はぼんやりと思いを巡らせた。

第三話　徒花日和《あだばなびより》

一

筆子たちを皆帰して、手習所の片づけをしていると、からころと駆けてくる下駄《げた》の足音が聞こえた。

きっと千紘だろう。足音がいつにも増してせわしないことには、わけがある。

「また、あれが来たのか」

気が滅入《めい》るのを感じながら、勇実はつぶやいた。

勇実が思い描いていたとおり、手習所の戸を開けた千紘は、不安げに眉《まゆ》をひそめていた。

「兄上さま、ただいま戻りました。それで、今日もまたおかしな文《ふみ》が投げ込まれていたみたいです。お吉はぷんぷん怒っているんですけれど、これって……」

千紘がつまんで広げてみせた手紙は、点々と赤茶の染みがついている。

「血か?」

「そう見えますよね」

「中身は読んだか?」

「恨《うら》みつらみを訴えた文言で、きっとまた何かのお芝居のせりふです。この世にあっては邪魔ばかり入る、といったことが書かれているから、心中もののせりふではないかしら」

「よくもまあ次から次へと、尽きもせず飽きもせずに寄越してくるものだ」

勇実はため息をついて、千紘の手から手紙を奪った。手紙からはいつもと同じ、煙草《たばこ》の匂いに重ねて、焚《た》きしめられた何かの香《こう》の匂いがした。

おかしな手紙が届くようになって、そろそろ一月《ひとつき》になる。

手紙に宛名は書かれていないが、千紘を狙ったものと考えて間違いはないようだ。

ほとんど毎日、昼夜を問わず、手紙は白瀧家の屋敷や百登枝の手習所に投げ込まれる。先日は千紘が八丁堀の亀岡家を訪れているときにまで、手紙が追い掛けてきた。

いたずらだろうと、勇実も初めは思っていた。千紘もお吉も気にしていなかった。千紘を名指しで責める言葉が書かれているわけではない。古歌や芝居のせりふが、わざと荒々しく乱した筆致《ひっち》で綴《つづ》られているだけなのだ。

しかし、こうも続くと、だんだん薄気味悪くなってくる。

三日前、髪の毛が一房《ひとふさ》、手紙と一緒に届いたときは、さすがの千紘も青くなった。そして今日は血の染みがついた手紙である。

一体誰がこんなことをしているのか。

手紙が届くようになったのと相前後して起こった出来事といえば、将太が京から戻ってきて、千紘が一晩家出をした、あの件だ。

もしや将太に何か関わりがあるのではと、勇実はまずそこを疑った。将太に心当たりを尋ねたが、まったくわからないという。将太の身のまわりには、おかしなものも届いていない。

千紘には、出歩くなら明るい昼間だけにするよう言い聞かせている。できれば、つねに誰かと一緒にいたほうがいいだろう。

しかし、勇実も龍治も、いつでも身が空いているわけではない。菊香や貞次郎も気に掛けてくれているが、何か起こったときにはいささか心許《こころもと》ない。

千紘は眉間《みけん》に皺《しわ》を寄せ、唇《くちびる》を尖《とが》らせた。

「困ったわ。今日はこれからまた出掛けないといけないのに。薬研堀のつき屋さんにお菜《さい》を頼んでいて、後で受け取りに行くと言ってきたんです」

「それなら、私も行こう」

「本当に？」

「ああ。さっさと行って、日が暮れないうちに戻ってこよう」

千紘と二人で出掛けるなど、めったにないことだ。女中のお吉に留守を任せ、勇実と千紘は、本所相生町の屋敷を出て西へ向かった。

今日はひときわ風が冷たい。両国橋の上など、遮《さえぎ》るものもなく吹きっさらしだから、なおのこと寒さが染みる。

勇実は襟元《えりもと》を搔《か》き合わせた。せかせかと急ぐ千紘を追い掛けるようにして歩く。

千紘はいつも勇実より先を歩きたがる。並んでしゃべりながら、という歩き方はしてくれない。幼《おさな》い頃からのならい性だ。千紘は、手を引かれて歩くのを嫌う子供だった。

いや、そうでもないか、と勇実は思い返した。

菊香と一緒のときの千紘は、こんなにせかせかしていなかった。互いの目を見て話し、くるくると表情を変え、華《はな》やいだ声で笑いを交《か》わしながら、ゆっくりと足を進めていた。

千紘が肩を並べてくれず、向き合ってもくれず、まともに話してくれないのは、勇実が相手だからだ。

本当は、きちんと話して確かめねばならないことがある。将太が白瀧家を訪ねてきて、龍治が縁談にまつわる早とちりをした、あの日のことについてだ。

一晩いなくなった翌日、千紘は何でもない顔をして戻ってきた。表向きには、将太とも相変わらずの喧嘩《けんか》友達である。あんなにうろたえていた龍治も、一晩経《た》ったら、もとのとおりに飄々《ひょうひょう》としていた。

勇実だけが取り残され、困惑している。千紘が何を考えているのか、龍治の望みがどこにあるのか、ちっともわからない。

考えを頭の中にとどめているばかりでは駄目だ。はっきり言葉にして話し合わねばならない。勇実がそう腹を決めた矢先、気味の悪い手紙が届き始めた。おかげで縁談に関わる話はうやむやになっている。

煮売屋のつき屋は、薬研堀のそばにある小さな店だ。

表の床几《しょうぎ》は、風の冷たいこの時季にはしまい込まれている。店の中には床几が三つきり。親父の昭兵衛《あきべえ》と、もうすぐ十二になる息子の元助《もとすけ》が、二人で店を切り盛りしている。

つき屋の暖簾《のれん》をくぐると、所在なげに床几に腰掛けていた元助が、はっと目を見張った。

「千紘さん、無事でよかった。怪我《けが》なんかしてないよね」

元助は千紘のところへすっ飛んできた。女の子と見紛《みまが》うほど細やかに整った顔には、不安げな色が揺れている。

「どうしたの、元助ちゃん」

「さっき千紘さんがここへ寄ってくれたでしょう。その後、ほとんど入れ違いみたいにして、お菜を買いに来た男がいたんだ。そいつが千紘さんに渡してくれって、おかしな手紙を置いていったから、おいらもお父《と》っつぁんも心配していたの」

千紘は眉をひそめ、勇実を見上げた。

「またたわ。つき屋さんまで巻き込むなんて」

つき屋には珍しいことに、ほかに客の姿がなかった。ひっそりとした店の中はいささか薄暗いが、厨《くりや》で火を使っているから、ほんのりと暖かい。

厨に立つ昭兵衛は、傷のある無愛想《ぶあいそう》な顔をことさらしかめている。

「千紘さん、あんなものがしょっちゅう届いているんですかい」

「手紙の中身、見ました？」

「見ちまいました。仕方なかったんでさあ。届いたのは、手紙だけじゃあなかったんで」

「どういうことです？」

「手紙だと言われて預かったが、それにしちゃ妙に膨《ふく》れていて、嫌な感じがしたんでさあ。元助が、中でがさがさ音がするって言うんで、放っておけずに開けてみやした。百足《むかで》が出てきやしたよ」

勇実も千紘も、思わず声を上げた。

元助が慌《あわ》てて笑顔で取り繕《つくろ》った。

「大丈夫だよ。百足はおいらがすぐ踏み潰したから、誰も嚙《か》まれなかった。手紙のほうはちょっと汚れちまったし、おいらも中身を見ちまったんだけど。あの、見ちまってごめんなさい」

勇実は千紘を押しとどめ、元助から手紙を受け取った。

「逢《あ》ふことの　絶《た》えてしなくは　なかなかに　人をも身をも　恨みざらまし、

か」

千紘は横から、勇実の手元をのぞき込んだ。

「中納言朝忠《ちゅうなごんあさただ》ですね」

「ああ。百人一首《ひゃくにんいっしゅ》にも取り上げられている有名な恋の歌だ」

「もしもあなたに一度も会ったことがないのだったら、あなたのつれなさも私のみじめさも恨みはしなかったでしょう、でも出会ってしまったがために恨めしいのです、と。切なくて美しい歌ですけれど」

「これがまともな手紙なら、どうしようもなく会いたいという恋文だと解することもできるが。しかし、この手紙には百足が入れてあったんだろう?」

昭兵衛はうなずいた。

「百足みてえな虫は、冬には土の下で眠っているもんでしょう。それをわざわざつかまえてきてまで、人に送りつける。まともなやつのすることじゃあ、ありゃせんぜ」

元助は大きな目を潤《うる》ませている。

「千紘さん、誰かにいじめられているの?」

「そんなことはないはずだけれど、どうなのかしら。もしもわたしが自分では気づかないところで誰かを傷つけていて、そのことへの仕返しなのだとしたら……いえ、それでも、こんなわかりにくいことをされるのは困るわね」

「正体も見せずに嫌な手紙を送りつけてくるなんて、卑怯《ひきょう》だよ。千紘さんはきっと悪くない」

「ありがとう、元助ちゃん。おかしなことに巻き込んでしまって、ごめんなさいね」

千紘は元助に微笑《ほほえ》んでみせようとするが、無理をしているのが透《す》けて見える。

昭兵衛は、ぎょろりとした目で勇実を見た。

「この手紙を置いていったのは、遊び人風の若い男でした。うちの店じゃあ初めて見る顔だったと思いやす。本当に心当たりはないんですかい？」

ない、と勇実は答えた。

「一月ほどの間、こういう手紙が千紘に届き続けているんですが、心当たりはまったくないんです」

「勇実先生も千紘さんも人の恨みを買うようなお人柄じゃあねえが、とばっちりを食うことは誰にでもありまさあね。くれぐれも気をつけてくだせえ。どうしようもねえと感じたら、すぐに人に相談することです」

「わかりました。ご忠告ありがとうございます」

若い頃の昭兵衛は、ぐれていたという。そのぶん、そんじょそこらの煮売屋の親父より、ずっと肝《きも》が据《す》わっている。息子の元助も、前髪姿《まえがみすがた》のあどけなさに似合わないくらいのしっかり者だ。

困ったら頼れと、昭兵衛も元助も言葉にはしない。一応は武士である勇実の体面を思ってのことだろうか。

昭兵衛の口数の少なさは、愛想《あいそ》がないと言う者も多いが、勇実は心地よさを覚える。昭兵衛の立ち居振る舞いは、厳しくも正しくて、心強い。

千紘が頼んでいたお菜は、しっかりと味を染みさせた煮物だった。

つき屋では、ごく薄い味つけの煮汁で、時をかけて煮物をこしらえる。それが千紘の舌に合うらしい。

味見をどうぞと、元助から蓮《はす》の煮物を一口もらった千紘は、ほっこりと頬を緩《ゆる》めた。それから唇を尖らせた。

「どうやったらこんなにおいしく仕上げられるのかしら。作り方を教わったのに、なかなかそのとおりにできないのです。ぱっぱと料理を済ませるために、つい煮汁の味を濃くしてしまって」

勇実は口を挟んだ。

「千紘の料理が下手《へた》だとは思わないが。ちゃんとした味がするぞ」

勇実は誉《ほ》めたつもりだったが、千紘には通じなかった。千紘はぴしゃりと、はねつけた。

「いい加減なことを言わないでください。ちっとも料理をしない兄上さまには、わたしが苦労していることがわからないんです」

「龍治さんも不平もこぼさずに、うちに食べにくるだろう」

「二人揃《そろ》って、おいしいものの食べさせ甲斐《がい》がないんだから。せっかくおいしいおみやげを買って帰っても、お店の名前を覚えないし」

千紘は、ぷいとそっぽを向いた。

つんつんしてばかりの千紘には困ってしまうが、ほっとした気持ちも、勇実にはある。

差出人のわからない手紙を前に真っ青になっているより、元気よく兄を叱咤《しった》しているほうがずっと、千紘らしいというものだ。

二

日暮れが早い冬場、勇実は、あまり遅くならないうちに筆子たちを家に帰すことにしている。道場の稽古《けいこ》の見物も、長居はさせない。

そのあたりは筆子たちも心得ている。早く帰らないと、長屋で待つ弟や妹の面倒を見る暇《ひま》も、友達と遊ぶ暇もなくなってしまうのだ。昼を過ぎてからの手習いは、書き取りでもそろばんでも、まるで競争をするように筆の進みが速くなる。

「よーし、今日はおいらが一番に上がりだ！」

はしっこい久助《ひさすけ》が、目にも留まらぬ速さで道具を片づけると、外へ飛び出していった。久助は鳶《とび》の子で、身が軽いのも気性が少し荒いのも、父親によく似ているらしい。

勇実は筆子たちに声を掛けた。

「さあ、きりがいいところまで終わったら、皆も帰っていいぞ」

はあい、と元気のよい応《こた》えが返ってくる。

一人だけ太い声で答えたのは将太だ。すっかり体の大きな将太が子供のような調子で返事をしたのを、筆子たちはおもしろがって、けらけらと笑い声を上げた。

将太が修業と称して手習い指南の手伝いをしてくれるおかげで、筆子たち全員に手と目が届くようになった。勇実ひとりでも十分にやっていたつもりだったが、将太がいるのといないのとでは、やはり大違いだ。

勇実が思い描いていた以上に、将太は手習いの師匠に向いているのかもしれない。

うまく教えることができないときには、大きな体を丸めるようにしてしおれてしまう。なぜこれがわからないんだと筆子に対していらだつことがない。一方、教えたことを筆子がきちんと呑《の》み込むと、筆子自身より将太のほうが喜んでいる。

筆子たちも、あっという間に将太に懐《なつ》いた。昔はとんでもない暴れ者だった将太が、本当に立派になったものだ。

ふと。

「大変だ！　勇実先生、大変！」

出ていったばかりの久助が、すごい勢いで駆け戻ってきた。

「どうしたんだ」

「おかしなやつが勇実先生の屋敷の前をうろうろしてる。そいつ、侍じゃない格好をしているくせに、長い刀を差してるんだ。何だか怖いんだよ。垣根《かきね》の隙間《すきま》から勇実先生の屋敷のほうをのぞいてるんだ」

勇実と将太は、はっと顔を見合わせた。

先に動いたのは将太だった。机を引っくり返す勢いで立ち上がると、怒鳴りながら外へ飛び出す。

「勇実先生は筆子らと一緒に、ここから離れないでください！　危ねえから！」

狙われているのは千紘であり、もしかしたら勇実でもあるかもしれない。将太はそう考えているのだ。

久助がぱっと手を挙げた。

「おいら、龍治先生に知らせてくる！」

言うが早いか、道場のほうへ駆けていく。

筆子の中で最も年嵩《としかさ》の大二郎《だいじろう》が、勇実に尋ねた。

「勇実先生、千紘さんはまだ外から帰っていないんだろう？」

「ああ、そのはずだ」

「それじゃあ、屋敷にはお吉ばあちゃんが一人か。怖がってるかもしれないから、俺が様子を見てきてやるよ」

「すまないな、大二郎」

「いいって。おい、みんなは勇実先生と一緒にいろよ」

筆子たちが真剣な顔でうなずくのを見届けてから、大二郎は白瀧家の屋敷のほうへ走っていった。

勇実は耳を澄《す》ました。筆子たちも息をひそめた。

いつも道場のほうから聞こえてくる掛け声がやんでいる。そうすると存外静かなもので、二手に分かれろと指図をする龍治の声と、幾人かが駆けていく足音、そして何者かに誰何《すいか》する将太の大声が、はっきりと聞こえた。

勇実はつぶやいた。

「私が真っ先に行くべきだったのにな」

ひときわ小さな両手が、勇実の右手を握った。旗本の子、鞠千代である。

いちばん幼いが、いちばん遠くから駕籠《かご》に乗って通ってくるしっかり者の鞠千代は、勇実の目を見て言った。

「お師匠さま、孫子《そんし》は、兵は詭道《きどう》なりと説《と》きました。戦《いくさ》では、駆け引きをしたり相手の裏をかいたりすることが大切です。将たる者、たやすく敵の前に姿を見せては、危うくてかないません」

「珍しいな。小さな儒者《じゅしゃ》の鞠千代が、兵法を説くなんて」

「兄上が、孫子の教えを覚えておくと武家の友達ができる、と言っていました。ですから、私は兄上から兵法を少しずつ教わっているのです」

「なるほど。兵は詭道なりは、兄上の知恵か」

鞠千代はこっくりとうなずいた。

「お師匠さま、将には将の、兵には兵の戦い方があります。今、皆はお師匠さまと千紘さまを勝たせるための兵です。もしもここが危うくなったら、私たちが皆でお師匠さまを守ります」

鞠千代の言葉に、筆子たちは深くうなずいた。

それで勇実は、遅ればせながら得心した。

好奇心の強い筆子たちが身勝手に外へ出ていかず、落ち着いた目をして手習所に残っている。それはきっと、初めから打ち合わせてあった手筈《てはず》なのだ。千紘宛てにおかしな手紙が届いていることを、筆子たちなりに心配して、策を練っていたに違いない。

「そうか。おまえたちが守ってくれるか」

声に出してみると、胸がじんと温まった。

十一の年よりあどけなく見える白太も、やせっぽちの小さな拳《こぶし》をぎゅっと握って、顔を引き締めている。

「悪いやつの人相書が必要なら、おいらに任せて。おいら、字を覚えるのはてんで駄目だけど、覚えた顔を紙に描くのは、じいちゃんよりうまくできるんだ」

白太は版木屋《はんぎや》の子で、祖父はいくつもの筆名を使い分ける絵師だ。その才を引いた白太は、恐ろしく精密《せいみつ》な絵図を描くことができる。

外から聞こえてくる声の様子が変わった。何が起こったのかと聞き耳を立てたとき、龍治と久助が一緒に駆け戻ってきた。

「勇実さん、やったぞ！　怪《あや》しいやつをとっつかまえたら、例の手紙を持っていやがった」

「将太先生が押さえ込んだんだ。あっという間のことさ。もう、すごかったんだから！」

張り詰めていた気が、ほっと緩んだ。

勇実は肩の力を抜いた。

「ありがとう。皆が力を合わせてくれたおかげだ」

大二郎も、お吉を連れて手習所に戻ってきた。お吉も捕物劇《とりものげき》を見物したらしい。あたしもあの悪人を後でひっぱたいてやりますよと、真っ赤な顔で息巻いている。

大二郎は皆の無事を確かめると、「えいえい」と拳を掲《かか》げた。

龍治も筆子たちと一緒に「おう」と拳を突き上げてやったが、まだ渋い顔をしている。

「ここからが本番だぜ。つかまえたやつは、どう見ても下っ端だ。これから吊し上げてみるが、どこまでのことを知っているものやら」

勇実は龍治の肩に手を載せた。

「それでも、手掛かりは手掛かりだ。助かるよ。けれど、あまり荒っぽいことはしないでもらえると嬉しい」

「そいつは心得ているさ。心配しなくても、大したことをせずに済むと思うぜ。体も声もでかい将太を見て震え上がって、うちの門下生に取り囲まれて腰を抜かしたようなやつだ。睨《にら》みつけるだけで、知っていることをべらべら吐くんじゃねえかな」

大二郎が、筆子たちを見回して告げた。

「そういうわけで、まだ気を抜いちゃいけないみたいだ。悪いやつをとっつかまえるまで、みんなで力を合わせるぞ」

「おう！」

筆子たちは、ひときわ元気のいい声を上げた。

龍治は懐手《ふところで》をした。

「勇実さんの教え子たちは、大したもんだな。今しがたの手紙野郎を取り押さえることができたのも、誰も危ない目に遭《あ》わなかったのも、ここの皆のお手柄だよ」

久助が龍治の脇腹をつついた。

「子供だからって、なめんなよ。そりゃあ、おいらたちの腕っぷしはまだ強くないけど、みんなで知恵を出し合えば、大人たちよりうまく立ち回れるんだからな」

「勇実さんより機転が利《き》くかもな」

龍治が茶化したのへ、勇実は重々しくうなずいてみせた。

「まったくだ。とんびが鷹《たか》を生むというやつかな」

筆子たちは得意げな顔で笑い合った。

捕らえた男を調べ上げたのは、目明かしの山蔵だった。山蔵は、降って湧《わ》いた突然の捕物劇のとき、たまたま道場で木刀を振るっていたのだ。

勇実は龍治や将太と手分けして、筆子たちを家まで送ってやった。それから屋敷に戻ると、千紘ももう帰り着いており、勇実たちを待っていた。

「お帰りなさい。話は聞きました。大変だったみたいだけれど、手掛かりをつかむことができたのですね。山蔵親分がいろいろ聞き出してくれたんですって」

ひと仕事した山蔵は、まくり上げていた袖《そで》を戻しながら言った。

「さっきの野郎、吉蔵《きちぞう》っていうんですが、二十を過ぎて親のすねをかじっている、半端な博打《ばくち》うちでした。ただ、手紙の中身は知らなかったそうです。届けろと命じられただけだと」

山蔵が千紘のほうへ差し出したのは、今日投げ込まれるはずだった手紙だ。山蔵がすでに中身を改めた後である。

千紘はそろりと手紙を開いた。

「嘆《なげ》きわび　空に乱るる　わが魂《たま》を　結びとどめよ　したがひのつま……これは、『源氏物語《げんじものがたり》』の六条御息所《ろくじょうのみやすどころ》の歌だわ。六条御息所が生霊《いきりょう》となって、光源《ひかるげん》氏《じ》の正妻、葵《あおい》の上《うえ》を憑《と》り殺してしまうときの歌ね」

　勇実は眉をひそめた。いつもと同じく、手紙に焚きしめられた香が勇実の鼻をくすぐっている。

「あなたを思って嘆くあまり、体から抜け出してしまった私の魂《たましい》は、あなたでなければつなぎ止めることができないと、そういう意味の歌だな。これを千紘に寄越すのはなぜだ」

　勇実の問いに山蔵が答えた。

「吉蔵は、手紙を託した者のことを姐《ねえ》さんと呼んでいやした」

「姐さんか。やはり女なんだな」

「へい。連中の間では、これは遊びなんですよ。賭《か》けに負けたぶんを帳消しにする代わりに、千紘お嬢さんのところへ手紙を運ぶ。千紘お嬢さんたちに正体を悟《さと》られちゃいけねえ。そういう遊びです」

「こちらにとっては、いい迷惑だ」

「違いねえ。その遊びは一月ほどうまくいっていたが、ついに手習所の子供らが見破ったというわけです」

　千紘は顔をしかめている。

「相手が女の人だというなら、わたしがその人にとっての葵の上なのかしら。でも、心当たりはありませんよ。誰かの悋気《りんき》に触れるほど親しい男の人なんて」

千紘の視線が、ついと動いた。見つめられた龍治が、次いで将太が、首をかしげたり手を振ったりする。

「光源氏は俺じゃねえぞ。賭場《とば》に関わりを持つような女が、道場に入りびたりの俺に食指《しょくし》を動かすと思うか？　まあ、何かの弾《はず》みで岡惚《おかぼ》れされることがないとは言わねえが、こっちがまったく気づいてないってのも考えにくいだろう」

「俺はもっと心当たりがないぜ。江戸に帰ってきて一月しか経ってねえし、京に発《た》つ前は、図体ばかりはでかかったけれど餓鬼《がき》だった。色恋なんて、今もまだ興味ねえや」

山蔵は腕組みをした。

「お二人とも違いまさあ。吉蔵が吐いた話と符合しやせん」

「光源氏の手掛かりはあるのですか」

千紘が問うと、山蔵は重々しくうなずいた。

「姐さんとやらが酔ったときに、光源氏のことを話していたらしいんでさあ。それによると、そいつは御家人の次男坊で、粋《いき》な遊び方をする色男だったそうです。ところが、兄貴が急に死んじまったんで家を継《つ》ぐことになって、すっぱり遊びをやめたんだと」

勇実の頭に、ぱちんとひらめくものがあった。

「わかった。尾花琢馬どのだ」

ああ、と千紘も声を上げた。

「確かに、尾花さまからそういうお話を聞いたことがあります。二年ほど前に兄上さまが亡くなるまでは、一人でお屋敷を抜け出しては遊んで回るような暮らしを送っていたとおっしゃっていたわ」

「一月ほど前、尾花どのはここを訪ねてきた。そのとき千紘と話しているのを、件《くだん》の六条御息所が知ったんだろう。それで何か早とちりをして、千紘に嫌がらせを始めたんじゃないか？」

早とちりと聞いた将太が、にやりとして、横目で龍治を見やった。龍治は行儀悪く舌打ちをして、将太の脇腹に肘《ひじ》打ちを食らわせた。

千紘は眉を曇らせている。

「尾花さまがここへやって来たのを、六条御息所はたまたま見掛けたのかしら。それとも、尾花さまのことをしょっちゅう見張っているから、ここにもたどり着いたのかしら」

勇実は背筋がぞっとした。

「いつも見張られているかもしれない、か。気味が悪いが、それも考えられるな。尾花どののほうには、何事も起こっていないだろうか。確かめたほうがいい」

山蔵が口を挟んだ。

「尾花さまってぇと、支配勘定の旦那でしたね。手紙を届けるんなら、あっしのところの下っ引きに行かせやしょう」

「いいんですか。山蔵親分の手間になってしまうでしょう」

「なあに、ついでですさあ。吉蔵のやつ、ほかにもいろいろとやらかしていそうなんで、うちで預かって、みっちり問い詰めてやりますからね」

勇実はすぐに琢馬宛ての手紙をしたためた。格式などそっちのけで、用件を記しただけのものである。馴《な》れ馴《な》れしいかもしれないと思ったが、時が惜しかった。

山蔵の下っ引きで、飛脚屋《ひきゃくや》の倅《せがれ》だという小柄な男が、勇実の手紙を持って寒空の下を走っていった。

三

琢馬が白瀧家を訪ねてきたのは、吉蔵を捕らえた翌日の昼頃だった。珍しいことに一人ではなく、お供の者に挟箱《はさみばこ》を持たせての訪れである。

勇実はちょうど昼餉《ひるげ》のために手習所を抜けてきたところだった。

琢馬の強張《こわば》った顔は、血の気が引いていた。琢馬はあいさつもそこそこに、用件を切り出した。

「昨日お知らせいただいた手紙のことで、こちらにまいりました。千紘さんは、今はお出掛けですか」

「百登枝先生のところに行っていますよ。あそこは大きな屋敷で人目も多いので、危ういことはないはずです。朝は私が送ってやりました。とにかく、中へお入りください」

勇実は琢馬を屋敷に通した。琢馬は挟箱を自分で抱えると、お供の者には適当な用事を言いつけて、さっさと帰してしまった。

お吉が気を利かせ、琢馬のぶんの昼餉を大急ぎでこしらえ始めた。

琢馬は、勧められた茶で口を湿すと、深々と頭を下げた。

「勇実どの、今回のことをお知らせくださってありがとうございます。知らなかったとはいえ、私のせいで勇実どのや千紘さんに迷惑をかけてしまって、本当に面目ないことです」

「頭を上げてください。やはり尾花どのと関わりのある誰かが、あの手紙の差出人なのですか」

「間違いないと思います」

「尾花どののほうには、何事もありませんでしたか」

「ええ、何事もなく。おかしな話でしょう。恨みつらみをぶつけるべき相手は私であるはずなのに、矛先《ほこさき》が向かったのは千紘さんです。申し訳ないことをしました」

「いえ。尾花どのが謝ることではありませんよ」

琢馬はなおも浮かない顔で、袂《たもと》から袱紗《ふくさ》を取り出した。丁寧《ていねい》に包まれた中に入っていたのは、勇実が昨日、琢馬に送った手紙である。

「昨日、勇実どのが、一件の経緯《いきさつ》を書き綴ったものと共に、先方から届いた手紙も添えて送ってくれたでしょう。芝居のせりふや恨みつらみの歌を書きつけた、あの手紙です」

「はい。もしも尾花どのに縁の深い人からの手紙なら、何かわかることがあるかと思って」

「もちろんです。投げ込まれた手紙は、薄くて上等な紙に書かれていたでしょう。あれは土佐紙《とさがみ》ですよ」

「土佐の紙は質がよいと聞きますが、よくわかりますね」

「紙問屋の放蕩娘《ほうとうむすめ》とよく会っていたことがあるのでね。その放蕩娘が、といっても、もう三十路《みそじ》をとっくに過ぎていますが、その女が、紙は土佐のものがいちばん好きだと言っていました」

「では、その人が？」

　琢馬はため息交《ま》じりに言った。

「ええ、六条御息所の正体は、あの女でしょう。香を焚きしめて煙草の匂いを隠しているのもそうですね。あの女の癖です。いまだに私の真似をして、麝香《じゃこう》の匂いを選んでいるらしい」

「筆跡もその人のものですか？　わざと荒々しい筆を振るっているような字ではありますが」

「見覚えがある字のような気もします。でも、昔の手紙は捨てました。遊び暮らしていた頃の付き合いは、すべて断《た》ったはずだったんです。向こうも、役人になった私とつながりを保っても益がないと思ったようで、あえて追い掛けてこなかったのですが」

「尾花どのが支配勘定のお役に就《つ》いて、二年ほどでしたか」

「はい。二年と少しになります。こんなに時も経ってからこうして蒸し返されるとは、考えていませんでしたよ」

「二年ぶりにというより、もしや、相手はずっと尾花どのの様子をうかがっていたのでは？」

「もしやではなく、きっとそうです。つねに誰かに見張られていると、何となく感じてはいるのです。それが勘定所に関わる者なのか、昔の恨みを引きずった者なのか、はっきりとしなかったのですが」

　琢馬は難しげに顔を曇らせ、また深いため息をついた。

　勇実は嫌な予感がして、琢馬に尋ねた。

「これからどうなさるおつもりです？」

　琢馬は言った。

「六条御息所に会って、釘を刺してきますよ。千紘さんを始め、皆さんに迷惑をかけたのは十分に罪と呼べるおこないです。次があれば見逃してはやらぬぞと、しっかりわからせてやりましょう」

「お一人で行かれるのですか」

「誰かの手を煩《わずら》わせるわけにもいきません。これから行って、根城《ねじろ》に乗り込みます。すみませんが、ここで着替えさせてもらってもかまいませんか」

琢馬は、持ってきた挟箱を開けた。女物とおぼしき派手な着物が現れ、勇実は目を丸くした。

「尾花どの、これを着られるのですか」

うろたえる勇実の様子がおかしかったのだろう。琢馬はようやく笑みをのぞかせた。

「もちろんです。昔よく着ていたお気に入りなんですよ。菖蒲《あやめ》に桔梗《ききょう》に牡丹《ぼたん》と、夏に咲く大ぶりの花があしらわれていて、景気がいいでしょう。賭場に乗り込もうというのに、四角四面《しかくしめん》の侍の格好などしていては、かえってなめられるんですよ」

品のよい出《い》で立《た》ちの琢馬の口からとんでもない話が語られるので、勇実はめまいがした。

「なるほど。さすが、尾花どのはいろいろと慣れておられる」

「昔取った杵柄《きねづか》というやつですね。そんな、驚いた顔などしないでくださいよ。ああ、今の勇実どのの顔が誰かに似ていると思ったら、うちの兄ですね」

「はあ。お兄上さまですか」

琢馬の兄はすでに亡い。その人柄について聞かされたことはなかったが、ひょいと気軽に口にしたところを見ると、琢馬は兄と仲がよかったようだ。

もののついでのように、琢馬は軽口を続けた。

「ところで、尾花どのなどと堅苦しい呼び方をせず、琢馬どので結構ですよ。こちらは初めから勝手に、勇実どのと呼ばせてもらっていますから」

琢馬は、うわべばかりは軽やかな調子を保っている。

しかしながら、勇実は不意に気づいてしまった。琢馬の左の親指の爪がぎざぎざに荒れて、ひどく短くなっている。いらだちや不安に任せて、自分の爪を嚙むか千切《ちぎ》るかしてしまったのだろう。

放っておけない、と勇実は思った。五つ年上の世慣れた男を、まるで幼い筆子のようだとも思った。

「琢馬どの、ちょっとお待ちいただけますか。乗り込む先が琢馬どのの古巣だとはいっても、やはり一人で行かせるわけにはいきませんよ。私も一緒に行きます」

勇実の申し出に、琢馬は目を丸くした。

「しかし、これ以上のご迷惑をおかけするわけにはいきませんよ」

「いえ、乗りかかった船です。これはもう、琢馬どのお一人の問題ではありません。私も一緒に行かせてもらいますが、その前に筆子たちに話をつけてこなければ。だから、少し待っていてください」

琢馬は微笑んだ。目元にくしゃりと皺が寄って、人懐《ひとなつ》っこい顔になった。

「ありがたい。頼もしいことです」

「皆には悪いが、所用で今から抜けることになった。あとのことは将太と皆に頼みたい。いいか?」

勇実がそう切り出すと、筆子たちはたちまちのうちに、ことの次第を察したようだった。一斉に、わあっと声を上げる。

筆子たちは皆、好奇心を抑《おさ》えきれない様子ではあったが、いつになく聞き分けがよかった。ついていくなどと言い出す者がいないことに、勇実はほっとした。

手習いの指南をすべて将太に任せ、帰り際には子供ひとりにならないようにと念を押した。

しかし、大二郎が、それじゃ駄目だと声を上げた。

「俺たちが身を守るのはもちろんだけど、その前に、千紘さんだろ。俺たちがみんなで千紘さんを迎えに行くよ。みんなで力を合わせれば、勇実先生の代わりになるからさ」

みんなというのには将太も含まれるようだ。大二郎の言葉に、将太も深くうなずいている。

勇実は心強く思った。

「ありがとう。皆、無理はするなよ」

「勇実先生のほうこそ、無理しちゃ駄目だからな」

筆子たちに背中を押されて、勇実は手習所を後にした。

次は道場である。稽古中の龍治に声を掛けると、龍治は二つ返事で同行を決めた。急いで昼餉をとってくるというのを聞いて、勇実も食事がまだだったことを思い出した。

勇実は屋敷に戻り、昼餉を掻き込んだ。一足先に食べ終わった琢馬は、お吉に手伝われながら身支度を整えた。

　ほどなくして、龍治がやって来た。いつもどおり稽古着に木刀の龍治は、着替えを済ませた琢馬の姿に目を剝《む》いた。

「凄《すさ》まじく派手だな」

　琢馬は、どこか得意げに微笑んだ。

　大ぶりな花があしらわれた女物の小袖《こそで》は、上に深い色の羽織《はおり》を引っ掛けていてさえ、やはり人目を惹《ひ》く。髷《まげ》もうまい具合に崩してあって、いかにも遊び人風である。

　琢馬は羽織をめくってみせた。裏地には、金糸《きんし》で蝶《ちょう》の模様が刺繡《ししゅう》されている。

「二年ぶりに袖を通しました。私もそろそろ三十路が見えてきた年ですが、まだそれなりに、さまになっているでしょう」

　お吉は、役者のようですねえと目を細めた。

「勇実お坊ちゃまも、亡くなられた旦那さまも、すり切れた着物でも平気で着てしまうようなお人ですから。たまにはこうして、男前の殿方が華やかに着飾っておられるのを見せていただけると、お吉の目は幸せでございます」

　そう言いながら、お吉は、とっておきの羽織を勇実のために出してきた。

勇実はお吉に促《うなが》され、継ぎを当てた分厚い綿入れを脱いで、鴉《からす》の濡《ぬ》れ羽色《ばいろ》につやつやした生地《きじ》の羽織をまとった。

刀をどうしようかと、勇実は少し迷った。結局、真剣ではなく木刀を腰に差した。荒事《あらごと》になるかもしれない。そうなったとき、勇実には、真剣を抜いて闘える自信がなかった。

琢馬を先頭にして、一行は出立《しゅったつ》した。目指す先は、浅草奥山《あさくさおくやま》である。

道すがら、琢馬は、勇実と龍治が木刀を帯《お》びているわけを尋ねてきた。

「お二人とも、真剣もお持ちでしょう。なぜ今日は木刀を？」

勇実は答えた。

「矢島道場での教えを守るためですよ。日頃、真剣を差すのは、身だしなみのためです。逆に言えば、闘うことになるときは必ず、振り慣れた木刀を使うことにしています。龍治さんは、私よりもう一段、信念が固いのですが」

龍治が琢馬を睨んだ。

「俺は身だしなみも何もなく、いつも木刀だからな。こんな木刀なんか差して外を歩いてんのが恥ずかしくねえのかって、あんたは訊《き》きたいんだろう？」

琢馬のほうはやんわりと微笑んだ。

「そう突っ掛からないでください。変わった人だと初めは思いましたが、恥ずかしいとは感じませんよ。矢島どのの道場では真剣を扱わないのですか」

「抜刀《ばっとう》と納刀《のうとう》の作法くらいは教えるさ。侍の礼儀作法だ。所作《しょさ》は美しいほうがいい。でも、人を斬るための技をうちで教えることはない。俺が極めたいのは、己を鍛《きた》えるための剣、弱い者を守るための剣なんだ」

「弱い者を守るためなら、鋼《はがね》の刃《やいば》を持つ刀のほうが、都合がいいのではありませんか。よりたやすく、強い力を振るえるのですから」

龍治は左手で木刀の柄頭《つかがしら》を押さえた。右腕はだらりと下ろされているが、その実、力みの抜けた姿勢は、即座に刀を抜くための構えだ。

「強すぎる力はいらねえよ」

「力を振るうことが正当である、という場面に出くわすこともあるでしょう。つまり、例えば喧嘩に巻き込まれたり、ゆすりやたかりに引っ掛かったりして、穏《おん》便《びん》には切り抜けられないときがありますよね」

「そうだな。当たり前に暮らしていたって、変なやつに絡まれて牙《きば》を剝かれることはある。だけど、それでもだ。たやすく人を殺《あや》めてしまう鋼の刃は、本当に必要か？　江戸は戦場《いくさば》じゃねえだろう？」

「なるほど。鋼の刃は無用の長物、ですか」

「俺は、殺さずの剣を選びたいんだ。戦の世に生まれていたら、こんなことは言えなかっただろうが」

琢馬は、己の刀の柄頭を左手でぽんぽんと叩いた。

「矢島どのは立派ですね。その若さで、こうありたいという自分の姿を語ることができるのですから」

龍治はしかめっ面《つら》をしていた。

「からかってんのかよ」

「いいえ。そんなことはありませんよ。ちっとも」

琢馬は歌うように言った。龍治は小さく舌打ちをして、それきり黙った。


浅草という場所には、聖と俗がごちゃごちゃに入《い》り交《ま》じっている。大にぎわいの人出だった。

勇実は人混みが得意ではない。気を抜くと、はぐれてしまいそうだ。勇実は琢馬の背中を見失わぬよう、ぴたりと後ろについて歩いた。

浅草寺《せんそうじ》のお膝元《ひざもと》には、お参りに来る客を目当ての屋台が建ち並び、寄席《よせ》がのぼりを掲げている。いかがわしい見世物小屋が軒を連ねる一角もある。辻講釈《つじこうしゃく》の声の合間に、張《は》り扇《せん》が釈台《しゃくだい》を叩く音が響いた。四十七士《しじゅうしちし》の仇討《あだう》ち話を読み上げているようだ。

聞くともなしに耳に入ってくる話は、まだ物語の序の口である。大石内蔵助《おおいしくらのすけ》が、赤穂《あこう》の城で主君の切腹の報を受け、開城か籠城《ろうじょう》かの激論の間で板挟みになっている。

この辻講釈では、今月のうちから少しずつ物語を進めておき、来月十四日に合わせて、討ち入りの場面が読まれることになるのだろう。

大小の出店が連なっており、あたり一帯、見通しが利かない。そうした雑踏《ざっとう》の中を、琢馬は迷うことなく進んでいく。

やがて表の道を外れ、二つ三つ角を曲がったところで、勇実はまったく馴染《なじ》みのない界隈《かいわい》に入り込んだことを感じ取った。子供や若い娘の姿が見えない。

「このあたりは何なんです？」

勇実が尋ねると、琢馬は声を落とした。

「打ったり買ったりできる場ですよ。看板を出しているところもあれば、出せないことをしているところもあります。かどわかされないよう、気を引き締めて、ついてきてください」

ほどなくして琢馬が指差したのは、間口を開け放った矢場《やば》である。崩れた身なりの男客が小さな弓で的当《まとあ》てをする傍《かたわ》らで、片膝を立てた矢場女《やばおんな》が鼻にかかった嬌声《きょうせい》を上げている。

琢馬を見た途端、矢場女はたちまち顔色を変えた。

にやりと笑った琢馬の口から、ひどく伝法《でんぽう》な言葉が飛び出した。

「よう、しばらくだな」

「琢さま……」

「俺の顔を見忘れちゃいなかったか。おしの、あんたの姐さんは、奥かい？」

おしのは呆然《ぼうぜん》とうなずいた。

「本当に、本物の琢さまなの？」

「当たり前だろう。幽霊でも見たような顔をしてんじゃねえよ」

「だって、琢さまは死んだと思えって、おろく姐さんが言ってたんだもの。死んだのと同じくらい、遠いところのお人になっちまったんだって。もう決して会えやしない、だから忘れちまいなさいってさあ」

言い募《つの》るうちに、おしのの頬《ほお》は赤らみ、目が潤んできた。

おしのは客もそっちのけで、琢馬のほうへにじり寄ってきた。着物の裾はすっかり割れて、白い脚が惜しげもなくあらわになっている。

琢馬はちらりと、おしのを見下ろしただけだった。

「あいつは奥にいるんだろう？　邪魔するぜ」

言い捨てると、勝手知ったる様子で、細い土間を奥へと進んでいく。

勇実は、龍治と顔を見合わせた。ますますもって場違いなところへまぎれ込んでしまった、と察している。さすがに気後《きおく》れがした。

琢馬が肩越しに振り返った。

「どうぞこちらへ」

目元を和《やわ》らげてそう告げるときだけ、見慣れたいつもの顔である。

「役者だな」

龍治がぼそりとつぶやいた。


矢場の裏手に出ると、ありふれた九尺《くしゃく》二間《にけん》の長屋が建っていた。日が陰って薄暗く、妙に煙《けむ》っている。

勇実は顔をしかめた。

「煙草の匂いか。酒の匂いもするな。ここが目的の場所ですか」

「ええ。この長屋、賭場なんですよ。打てるだけではなく、看板を出せない類《たぐ》いの商《あきな》いがおこなわれる場でもあります」

塚馬が言ったのと同時に、手前の部屋から若い男が顔を出した。

「何でい、てめえら。見ねえ顔だな。誰の許しがあってここに入りやがったんだ？」

塚馬は鼻で笑った。

「見ねえ顔だはこっちのせりふだ。下っ端がえらそうな口を利くもんだな」

「何だと」

男は気色《けしき》ばんだ。その手に長脇差《ながどす》があるのを見るや、塚馬は抜刀した。一瞬のうちに、男の顎《あご》の下に塚馬の刀が滑り込んでいる。切っ先が、男の喉首《のどくび》に触れた。

「騒ぎを起こすつもりはねえ。おろくに用があって来た。賭場を仕切っている、おろくだよ。いるんだろう？　ここに引っ張ってきてくれねえか」

「だ、誰がてめえの指図なんか受けるか！」

男が吠《ほ》えた。

琢馬は目を細めると、無造作《むぞうさ》に腕を振った。刀が男の首筋の皮を薄く裂く。とっさに首筋に触れた男は、指についた血を見るや、さっと青ざめた。

静かな声で、琢馬は告げた。

「威勢がいいのは結構だが、喧嘩は相手を選べよ。長生きできねえぞ」

ひい、と男が引きつった悲鳴を上げる。

勇実は呆気《あっけ》にとられ、手出しも口出しもしそこねている。今の琢馬の姿は、派手な着物の遊び人どころか、やくざ者そのものだ。

不穏《ふおん》なものを感じ取ったのだろう。長屋の部屋の戸が次々と開いて、中から男たちが姿を現した。

煙管《きせる》をくわえた者、徳利《とくり》を手にしたままの者、彫物《ほりもの》だらけの素肌をさらした者、あからさまな殺気を振りまいている者。見るからに、堅気《かたぎ》ではない男たちだ。揃いも揃って、目が据わっている。

抜き身の刀を手にした琢馬を見ると、やくざ者たちは一様に、黙って腰の得物に手を掛けた。

琢馬はつぶやいた。

「やはり、そう簡単にことは運びませんね」

龍治もすでに木刀を構えている。

「こいつら、どうなってんだ。はなっから喧嘩腰かよ」

「むしろ喧嘩程度で済ますつもりはない、といったところでしょう」

「あんたもこういうところで揉《も》まれてたのかよ。まともじゃねえな、尾花どの」

「そう堅苦しい呼び方をせず、琢馬どのでかまいませんよ、龍治どの」

勇実には戸惑いがある。真剣でなく木刀を選び、闘う覚悟を決めてきたつもりだった。しかし、このやり方でよいのかと、どうしても迷ってしまう。

龍治が勇実の様子を見兼ねて、叱咤した。

「勇実さん、ぼさっとするな！」

「……わかった」

勇実は一つ、肩で息をした。それから木刀を構えた。

やくざ者たちがじりじりと迫ってくる。琢馬は無造作に前へ進み出た。

間合いを測《はか》る沈黙が、刹那《せつな》、落ちる。

そして動いた。

巨漢が真っ先に琢馬に斬り掛かってきた。琢馬は難なく受ける。鉄のこすれ合う音と匂い。鍔迫《つばぜ》り合《あ》いはほんの一瞬で、琢馬が均衡《きんこう》を切り崩した。

「甘いな」

剣筋が絡んだと思うと、琢馬の刀は巨漢の刀を巻き取って弾《はじ》き飛ばした。琢馬はわずかの躊躇《ちゅうちょ》もなく、返す刀で巨漢の利き腕の肩を裂く。

血が噴き出し、巨漢はのけぞった。がら空きになった腹に、峰打《みねう》ちの一閃《いっせん》。巨漢の横をすり抜けてきた蛇顔の男を、龍治が迎え打つ。匕首《あいくち》の攻撃をひょいと避けると、龍治は、木刀でしたたかに蛇顔の男の足を払った。

勇実が二人の動きを目で追うことができたのは、そこまでだった。やくざ者たちが入り乱れて、次々と襲ってきたのだ。

龍治と琢馬と、三人で背中を守り合う格好だった。振り向いて二人の様子を確かめたいが、そんな余裕もない。息遣《いきづか》いや気配を頼りに、つかず離れずの間合いを保って、それぞれの剣技を繰り出す。

血の匂いがする。琢馬とやくざ者たちが斬り合いをしているせいだ。

琢馬は腕が立つ。十分に手加減している。だから殺してなどいないだろうが、それでも、傷口からあふれる血は、なまぐさいような匂いを放っている。

一度その匂いに気づいてしまうと、駄目だった。勇実は胸がむかむかした。やくざ者たちの手にある刃物が忌《い》まわしく、気味の悪いものにさえ見えてくる。

そのときだ。

「おやめ！」

女の声が響いた。少ししゃがれて太く、よく通る声だ。

やくざ者たちが動きを止めた。

勇実は肩で息をして、首を巡らせた。

「一体、何をやっているんだい。おまえたちはお下がり」

女の声は、歌うように張り詰めている。

やくざ者たちは素直に従った。怪我をした者は呻《うめ》きながら退《しりぞ》いた。昏倒《こんとう》して動けなくなった者は、下っ端らしき若い連中が抱えて連れていった。

琢馬は、頬に一筋の傷をこしらえていた。唇のほうへ流れてきた血を、舌を伸ばしてなめ取る。琢馬は抜き身の刀を振って、血を払った。

そんな琢馬の仕草を、女はじっと見つめていた。

大年増だが、肉づきがよく、美しい女だ。肌は浅黒い。唇には濃い紅《べに》を塗っている。切り前髪に櫛《くし》を挿《さ》し、髷を結《ゆ》わずに垂らして、じれった結びにしている。

女は、手にした煙管を口にくわえ、ふうっと煙を吐いた。

おろく、と琢馬が吐息のような声で呼んだ。

勇実は琢馬の横顔をうかがった。何の色も浮かんでいない、冷たい横顔である。

おろくはねっとりと微笑んだ。

「琢さま。本物の琢さまなんだね。信じられない。夢みたいだ。琢さまのほうから会いに来てくれるなんて」

やくざ者たちがざわざわと不穏にささやき交わしている。

この男が、あの尾花琢馬か。

そんなささやきが、そこここから聞こえてくる。この賭場に集《つど》った者たちの中から、千紘への嫌がらせの手紙を届ける者が選ばれていたはずだ。が、やくざ者の大半は、千紘のことはもちろん、琢馬のことさえよく知らないらしい。

おろくの耳には、まわりのざわめきなど聞こえていないようだった。おろくの目には、琢馬しか映《うつ》っていない。とろけるような声音《こわね》で、おろくは琢馬に語りかける。

「琢さま、あたいは、あんたのことを思わない日は一日もなかった。いつかきっとあたいのところに戻ってきてくれると信じてたんだよ」

おろくが足を踏み出すと、着物の裾が割れてむっちりとした脚があらわになった。

酒に酔っているようで、おろくの歩みはふらついている。体が左右に揺れるたび、大げさに襟元をくつろげた着物が肩からずり落ちそうになる。

寒くないのだろうか、と勇実は思った。

女の肌を見ているというのに、たぎるものを感じなかった。

まるで悪い夢を見ているかのようだ。琢馬が刀から振り飛ばした血が、地面に点々とついている。それを目にしたせいで、胃《い》の腑《ふ》がずんと重く沈んで気分が悪い。

おろくはとろけるまなざしをして、嬉しそうに微笑みながら、琢馬に近寄ってくる。

その足取りが、止まった。

琢馬がおろくに刀を向けたのだ。

「ちょいと、これは何の真似だい？」

おろくは小鳥のように小首をかしげてみせた。

琢馬は、喉に絡む低い声で告げた。

「俺が何の話をしに来たか、わからねえとは言わせねえ。俺の大事な人たちを相手に、卑劣《ひれつ》な真似をしてくれたそうじゃねえか」

その途端、おろくの形相《ぎょうそう》が変わった。

「大事な人って何よ！　あんな小娘のどこがいいのさ！　目ざわりなんだよ。さっさと消えちまえばいいものを、鬱陶《うっとう》しいったらありゃしない」

「語るに落ちたな。やはり、あんたの差し金だったか」

「嫌な言い方はよしてちょうだい。あんな小娘、琢さまに釣り合わない。あんなのとつながっていたんじゃ、琢さまのためにならないの。だから、あたいがそれをわからせてやろうと思ったのよ」

「勝手な言い草だ。俺が誰とつるもうが、あんたが口出しする筋合いはねえんだよ。女房気取りもいい加減にしろ。もう二年以上も前のことだろう」

「まだ二年しか経ってないんだ。忘れられるはずがない。ねえ、わかっとくれよ。琢さま、あんたほどの男はほかにいないんだから。あたいがあんたと一緒になれないのはもうわかってるけど、それでも、あんな小娘になんか、死んでも渡してやれないのよ」

おろくの手から煙管がこぼれ落ちた。その手に小指がないことを、勇実は見て取った。指切りをしたのだ。小指を贈った相手は、琢馬にほかならないだろう。

　琢馬は、ただ冷めた目をしている。

「あんたのやり方にはもう飽き飽きだ。あの子は決して、あんたみたいな嫌がらせをしねえ。そんだけで十分、あんたよりも女っぷりがいいってもんだ」

「馬鹿をお言いでないよ。琢さま、あんたも甘ちゃんのまんまなのね。そういう育ちのいいところも、かわいくて好きだけどさ」

　おろくは唇を歪《ゆが》めて笑った。暖簾でも払うように、琢馬の刀を手の甲《こう》で押しのけながら、おろくは琢馬に迫る。おろくの手の甲に、つ、と血の筋が走った。

　琢馬は刀を下ろさない。押しのけられた刃を再び、おろくの首の横ぎりぎりに添わせて、ぴたりと止めた。

「縁を切ると言ったはずだ。二年前の秋、兄貴が死んで俺が家を継ぐと決まったときに」

「覚えているさ、もちろん。あたいは涙を呑んで琢さまを見送った。でも、あたいは、あきらめるなんて約束をした覚えはないねえ。ずっと琢さまのことを慕《した》い続けるって、あたいは言ったよ」

「ああ、そいつは俺も覚えている。酔狂《すいきよう》なもんだ」

「悪い人だねえ。あたいの人生をめちゃくちゃにしておいてさあ」

琢馬の声にいらだちがにじんだ。

「俺はあんたと何の約束もしてねえよ。ここに出入りしていたのは、ただの遊びだった」

おろくは、また一歩、琢馬ににじり寄った。すでに刀の間合いよりも近い。おろくの手が琢馬の胸に触れた。爪紅《つまべに》を施《ほどこ》した指先が、襟の間から琢馬の素肌をなぞる。

「いいよ、遊びだって。でも、もっとずっと長いこと遊んでくれるんだと思ってたのに」

琢馬は舌打ちをして、半歩、身を引いた。

「話が通じねえな。あんたと取り引きが成り立つとは、初めから思っちゃいねえが。しかし、これだけは言っておくぞ。俺に恨みつらみをぶつけるってんならまだしも、俺の大事な人たちに手を出しやがったら、俺はあんたを許さねえ」

おろくの顔が歪む。琢馬とおろくの話の中に、違う誰かの影が差すたび、おろくの顔は般若《はんにゃ》の面のごとく歪むのだ。

「信じらんないねえ。そんなにあの小娘が大事なのかい」

おろくに凄《すご》まれても、琢馬は動じない。おろくを見据《みす》え、ぴしゃりと切り返す。

「あの子と、あの子のためにこんなところまで乗り込んできたこの人たちのことが、今の俺にとっては何より大事だ。手を出さねえでもらおうか」

おろくは金切り声を上げた。

「手を出したら何だっていうのさ！　あんたがあたしを殺してくれるのかい？」

琢馬はいきなり、おろくの首を左手でつかんだ。周囲が一斉にざわついた。

「次は手加減しねえ。こんなもんじゃ済まねえと心得とけ」

琢馬はおろくを突き放した。

おろくはよろけてへたり込んだ。しかし、とろけるように微笑み、潤んだ目で琢馬を見上げた。

「琢さまにだったら、死ぬまで折檻《せっかん》されたって恨みやしないのよ。昔、あたいはあんたに尽くすだけ尽くしたのに、あんたは何もしてくれなかったけれど」

「よせ」

「ねえ、どうしたら、あたいのところに帰ってきてくれるの」

琢馬はうんざりと顔をしかめた。

「帰るも何も、俺は、あんたのところを巣にした覚えもなけりゃ、あんたのものになったこともない。勘違いするな。あんた程度の付き合いの情人なら、手の指じゃ数えきれねえほどいたんだよ」

琢馬はおろくに背を向けた。その腰に、おろくがすがりついた。

「そんなこと知ってたさ。知らなかったわけがないだろう。琢さまは色男。でも、誰にも入れ上げることのない冷たい男。まるで人の心がないかのように、本当に意地悪。それでも、あたいは琢さまじゃなきゃ駄目だったんだよ」

哀《あわ》れな声を上げるおろくを、琢馬は振り返らなかった。虫でも払いのけるように、たやすくおろくの体を振りほどいた。

琢馬は、腹の底から声を響かせた。

「もう二度とここには来ねえ。今日のところはこれで引き揚《あ》げてやるが、次はねえぞ。次は、この賭場を潰す。てめえら全員、しょっ引いてやる。俺はどんな手でも使うからな。二度と俺の大事な人たちに手出しすんじゃねえ」

琢馬は、左の袖で刃の血汚れを拭《ぬぐ》ってから、刀を鞘《さや》に納《おさ》めた。

勇実も龍治も、やくざ者たちも皆、琢馬の迫力に呑まれていた。へたり込んだおろくは、もう顔も上げない。

一歩二歩と場を立ち去りかけて、足を止めた琢馬は、肩越しに勇実と龍治を振り向いた。つい今しがたまでの冷たい渋面《じゅうめん》は消え去っていた。

琢馬は、目元をくしゃりとさせて言った。

「帰りましょうか」

勇実も龍治も、黙ってうなずいた。

四

血の匂いで気分が悪くなったことを、龍治には見抜かれていた。ゆっくり歩こうぜと言ってくれたのは、勇実のためだっただろう。琢馬の頰の傷口から血の汚れを拭ってやったのも、龍治だった。

夕暮れの迫る中、浅草を後にしながら、勇実は次第に調子を取り戻した。

川べりを吹き抜ける湿った風を、胸いっぱいに吸い込む。吸った息をゆっくりと吐いて、気分が落ち着いたことを確かめると、勇実は足を速めた。

勇実は、数歩先を歩く琢馬に追いついた。

「おろくさんという人は、もう嫌がらせをしてこないでしょうか」

琢馬はやんわりと微笑んだ。

「してこないと思います。ああ見えて、一人では何もできない人なんです。次があれば賭場を潰すと聞いたら、取り巻きの連中はもう手紙を運ぶ遊びなどしなくなるでしょう」

「それならいいのですが。しかし、琢馬どのは、あれでよかったのですか」

「あれで、とは？」

「おろくさんとは深い仲だったのでは」

琢馬の足取りが緩み、やがて止まった。勇実と龍治も立ち止まる。

言葉を探すように、琢馬はしばらく黙りこくっていた。動き回って火照《ほて》った体が、川風にさらされて冷えていく。

琢馬はやがて、力の抜けた静かな声で言った。

「人に惚《ほ》れられたことがありますか。好いて好いて身が焦《こ》がれそうだと、肌を差し出されたことがありますか。あなたに抱かれなければ死んでしまうと、血を流しながら訴えられたことがありますか」

勇実は正直に、かぶりを振った。

「恥ずかしながら、そういったことは一度も」

ごく幼い頃の出来事を含めれば、同じ年頃の娘に恋心を示されたことが幾度かある。千紘や龍治に隠れて文を交わしていた相手ならいた。あいびきらしきことや、ほんのちょっとした火遊びも、経験がないとは言わない。

ただ、琢馬が問いたいのは、そんな微笑ましいもののことではあるまい。

おろくは小指を一本なくしていた。おろくは一途《いちず》に琢馬に尽くしていたが、当の琢馬には情を交わす相手が幾人もいた。いとおしさも憎たらしさもめちゃくちゃに入り交じった凄まじい想いを、おろくは恋と呼んだ。

そういうものは、勇実には縁遠い。今まで身近になかったし、これからもきっと、色恋沙汰《いろこいざた》には疎《うと》いままだろう。

琢馬はこぼれ毛を掻き上げた。

「自分ではさほど好色《こうしょく》なつもりはなかったのですが、あの頃は、何だったのでしょうね。因果《いんが》のようなものって、ありますよね」

「因果ですか。望むと望まぬとにかかわらず、人と巡り会ってしまうような」

「ええ。十六の年からの十年で、言い寄られたことは数知れず。女からも男からもです。いちいち拒《こば》むのも面倒で、あちらこちらと渡り歩くうちに、一生ぶんの惚れた腫《は》れたがこの身に降りかかってきました。もう腹いっぱいですよ」

龍治は呆《あき》れ顔でため息をついた。

「そいつは豪勢なことだ。さんざん遊んだってのに、ずいぶん退屈そうだな」

「惚れられる一方でしたからね。初めはそれでもおもしろかったのですが、子供っぽい熱が冷めると、あとは駄目でした。誰と寝ても、何をしても、つまらなかった」

「色恋が、つまらなかったか。持てる男は、言うことが違うな」

琢馬は鼻で笑った。嘲《あざけ》りの相手は、琢馬自身だろう。

「畢竟《ひっきょう》、私は人付き合いが下手なんです。誰かに惚れて夢中になる気持ちが、ついぞわかりませんでした。遊び上手で金があって腕も立つから、その場限りで私の手下になりたがる者はたくさんいましたが、腹を割って話せる相手はいなかったも同然です」

馬鹿だな、と龍治がつぶやいた。

「そんなんじゃ、身も心もすり減る一方だ。あんたは馬鹿だよ」

琢馬はうなずいた。

「馬鹿でしたね。おっしゃるとおりだ。兄が死んで、私が代わりに勤めに出ることになったとき、どこかでほっとしてもいたのです」

「柄《がら》でもねえ遊び人のふりをし続けるのを、これでようやく切り上げられるって？」

「そんなに似合っていませんか。遊び人の格好」

龍治は真剣な目をしていた。まっすぐに琢馬を見て、心底からの心配そうな顔で詰め寄った。

「あんたはいつも、ちっとも楽しそうじゃねえんだよ。今こうして、にこにこ笑った顔をしてんのも嘘《うそ》くさいが、さっきは本当にひでえ様子だった。矢場に踏み込んだあたりから、血の気が引いていただろう」

「そんなふうに見えましたか」

「飲めねえ酒を無理して飲んでるみてえな顔だった。あんなのはよくねえよ。あんたも本当は勇実さんと同じで、血を見るのも好きじゃねえんだろう」

「血が好きではない……それは初めて言われましたよ。でも、的を射《い》ているかもしれません」

「だったら、さっきみてえな刀の使い方はするな。刀がかわいそうだろう。それに、一人で突っ込んでいくのはよせ。あんた、あおるだけあおるから、背中から刺されるんじゃねえかって、俺は気が気じゃなかったんだぞ」

琢馬の頰がそっと緩んだ。本心を隠すためのように笑う、いつもの顔ではない。ただ自然と、かすかな笑みが琢馬の頰ににじんで現れたのだ。

「次からは気をつけます」

「だから、次はねえと言ってくれよ。俺や勇実さんだって、いつでも面倒見てやれるわけじゃないんだ」

塚馬はくすくすと笑った。

「お手を煩わせないようにしたいと思いますよ。でも、どうしようもないときは、また頼ってもかまいませんか」

勇実と龍治は顔を見合わせ、声を揃えて答えた。

「もちろん」


いくぶん遅くなって帰り着いた。もちろん千紘はすでに屋敷にいて、今か今かと勇実たちの帰りを待っていた。

やはり千紘も開口一番、塚馬の格好を見て声を上げた。

「一体どなたかと思いました。本当、お吉の言うとおり、役者みたいですね。お似合いではあるけれど、まあ、華やかですこと」

塚馬は照れくさそうに頭を掻いた。

「あまりからかわないでください。年甲斐《としがい》もなく、こんな格好なんて」

「あら、いくつになっても、華やかな着物が似合う人は似合うものですよ。尾花さまも、たまにはいいんじゃありませんか。でも、その頬はどうなさったのです？」

「かすり傷です。すぐに治りますよ」

「傷痕《きずあと》が残らなければいいけれど」

龍治が鼻をひくつかせた。

「夕餉の匂いがしねえな。腹を減らして帰ってきたってのに」

千紘は矢島家のほうを指差した。

「こっちでは作っていないわ。おばさまが、一緒に食べましょうって言ってくれたんです。だから、矢島家のほうで皆のぶんをこしらえてあります。尾花さまのぶんもありますよ」

琢馬は目を丸くした。

「私のぶんもですか」

「ええ。だって、着物と髪をどうにかしないと、お屋敷に戻れないでしょう。もうしばらくここで過ごすことになるのですから、お食事くらい、ご一緒しましょうよ」

「しかし、ご迷惑では？」

「珠代おばさまは慣れているから、気にしないでください。道場の門下生にお食事を振る舞うこと、よくあるんです。それから、髪を結い直すのも珠代おばさまに任せてください」

龍治がうなずいた。

「髪は、道場でぐちゃぐちゃにしちまうことがあるからな。ちょいと直すくらいのことなら、おふくろに任せろ」

琢馬は破顔《はがん》した。

「助かります。遊び人風に崩すのは自分でできても、逆はどうしようかと思っていました」

龍治は、自分の木刀をぽんと叩きながら言った。

「琢馬さんは、刀もだな。汚れちまったから、早いうちに手入れをしたほうがいい。道具はうちのを使ってくれ。なんなら、手伝うぜ。俺は、振り回すのは木刀ばっかりだが、鋼の刀をかわいがるのだって好きなんだ」

「かたじけない。お世話になります」

「琢馬さんの刀、いいやつなんだろう？　後でじっくり見せてくれよ」

「見て楽しむには華に欠ける刀ですよ。肥後《ひご》の同田貫《どうだぬき》一門に連なる刀工の手によるものです。名のある刀工ではないようですが、この一振《ひとふり》について言えば、なかなかの出来ですよ。初代正国《まさくに》を思わせるような力強さがあって」

「いい刀じゃねえか。ぜひじっくり見たい。俺は、刃文《はもん》がちゃらちゃらして派手なやつより、折れず曲がらずの剛刀のほうが好きだぜ。同田貫は地味なのが多いよな。でも、そこがいい」

千紘は小首をかしげ、勇実に耳打ちした。

「龍治さんと尾花さま、急にずいぶん仲がよくなったんじゃないかしら」

「そうだな」

「何があったのですか」

「一言で説くのは難しいな」

勇実は、羽織を脱いだ琢馬の背中を見やった。あでやかな色の花が、散ることもなく咲き乱れている。

千紘は、不意に思いついた様子で勇実に向き直ると、上から下までじっくりと眺《なが》めた。勇実は首をかしげた。

「何だ？　どこか、何か汚れでもついているか？」

千紘はため息をついた。

「派手なものを着こなしてほしいとは言わないけれど、兄上さまも、もうちょっとどうにかならないのかしら。こんな格好で、あんなに華やかな尾花さまの隣を歩いていたなんて」

千紘がわざと大きな声で言ったので、龍治にも琢馬にも聞こえたようだ。龍治は勇実と同じ穴の狢《むじな》だ。耳をふさぐそぶりをして、さっさと屋敷のほうへ逃げていった。

琢馬は、そんな龍治の様子を笑いながら見送って、勇実と千紘に向き直った。

「今度、勇実どのと千紘さんに着物を贈ってもよろしいでしょうか。今回の件では、ずいぶん迷惑をかけましたし、勇実どのには助けてもらいました。そのお礼と言ってはなんですが」

「どうぞお気遣いなく」

勇実は慌てたが、琢馬はかぶりを振った。

「私のわがままですよ。楽しみを一つ、先送りしておきたいのです。お二人のために着物を選ぶという楽しみです。もし勇実どのの都合がよろしければ、一緒に買い物などいかがです？　私も目利きの真似事くらいはできますから」

千紘はもう乗り気だった。

「すてき！　それは楽しみです。ねえ、兄上さま」

勇実は苦笑いをした。買い物は好きではないし、千紘に連れられての買い物はなおさら苦手だ。ちょっとよい着物を選ぶとなると、千紘は凄まじいこだわりを見せる。いくら時があっても足りないほど、いつまで経っても着物選びが終わらないのだ。

だが、おかしなものだ。

「買い物なんかで、琢馬どのの気晴らしになりますか」

「なりますとも」

屈託《くったく》なく笑ってみせる琢馬の顔を見ていると、たまには日本橋《にほんばし》の人混みに揉まれてみようかという気にもなってくる。

開きっぱなしの木戸のところで、龍治が呼んでいる。

「おい、何やってるんだよ。さっさと飯にしようぜ。腹が減っているだろう」

「すぐ行くよ」

勇実が応え、千紘は料理の手伝いのために駆けていった。

ああ、と琢馬は嘆息《たんそく》した。

「何だか楽しい気分です。こんなに腹が減っているのも、久しぶりですね」

勇実は琢馬の目を見て言った。

「腹が減っているのは、疲れたからでしょう。誰よりも気を張っておられたのですから。正直に言うと、賭場に踏み込んだときの琢馬どのは恐ろしかったですよ。知らない誰かになってしまったようで」

琢馬は驚いた顔をして、それから、そっと目を伏せた。

「まったく同じことを、昔、兄に言われましたよ。勇実どのは本当に、私の亡き兄に似ています」

「先ほども、そんなふうに言っておられましたね」

「はい。兄はね、いい人だったんですよ。穏やかな人柄で、何でもできるけれど控えめで、弟のことをよく気に掛けてくれる人でした。こんな私をずいぶん買いかぶってもいました。勇実どのも、そうですよね」

「私が琢馬どののことを買いかぶっている、と？」

「賭場に入りびたるやくざ者の顔が、私の本性かもしれないのに」

「そうは見えません」

「ほら、それが買いかぶりというやつです」

勇実は、首を左右に振った。

「やくざ者の顔も、支配勘定の切れ者の顔も、どちらもひっくるめて、尾花琢馬どのというお人でしょう。そのどちらも知ることができてよかったと、私は思っていますよ。きっと、龍治さんもね」

「そんなふうに言われると、どうお答えしていいのやら」

琢馬は、まるでくすぐられたかのように首をすくめると、くしゃりと笑った。

勇実と琢馬と、連れ立って庭に出た。

ひゅうと吹いてきた風は身を切るように冷たかったが、煮炊《にた》きの匂いがほのかに交じっている。温かな匂いを嗅《か》ぐと、途端に腹が減っているのを思い出した。

勇実は、冷えた手をこすり合わせながら、開けっぱなしの木戸をくぐった。

第四話　月下《げっか》のお七《しち》

一

「そういうわけでね、雨傘《あまがさ》のお七って女盗人とその一味は、めでたくお縄となったわけさ」

上弦《じょうげん》の月に照らされた夜道を行きながら、捕物劇《とりものげき》の一部始終を語った女は、白い息を吐いて笑った。

提灯《ちょうちん》を掲《かか》げる女の大きな体にすっぽり隠れるようにして、ほっそりとした娘が、道行きを共にしている。

女は四十絡みで、取り上げ婆である。赤子どころか、孕み腹《はらばら》の母親さえもひょいと抱える力自慢で、気立てが大らかだと評判だ。

蔵前《くらまえ》の商家に呼び出された帰りだった。嫁が産気づいたとのことだったが、赤子が出てくるまでにはまだ時がかかりそうだった。それで今宵《こよい》はひとまず引き揚《あ》げ、明日また改めて出向くことになった。

神田にある長屋へ帰る途中、女は、一人きりで歩く若い娘と出会った。

振袖姿《ふりそですがた》の娘はうつむいて、ちまちまと足を交《か》わしていた。いかにも頼りない姿を見るに見かねて、女は娘に声を掛けた。

娘は言葉少なに、女の後ろをついてきた。女は足取りを緩《ゆる》め、娘に気を配ってゆっくりと歩いた。

「くたびれたら、あたしにお言いよ。おぶっていってあげるからさ」

女は分厚い胸を叩いてみせた。娘は、かすかに微笑《ほほえ》んでうなずいた。

「頼もしゅうございます」

仕立てのよい着物をまとった若い娘が一人きりで夜道を行くとは何事かと、女も訝《いぶか》しまなかったわけではない。しかし、それだけのわけがあるのだろうと思えば、根掘り葉掘り尋ねるのもはばかられた。

「そう怖がることはないよ、お嬢さん。三月《みつき》ほど前になるかねえ。雨傘のお七って女盗人がつかまったって話、聞いたことがあるかい？」

そう言って、女は世間話を切り出した。

娘がびくりと震えたのが目に留まった。女は、幼子《おさなご》を相手にするときのように穏やかな言葉を選んで、顔馴染みの岡っ引きが雨傘のお七を捕らえた顚末を語り聞かせた。

「あたしは取り上げ婆だからさ、夜に出なけりゃならないこともよくあるんだ。関取《せきとり》なんて呼ばれる力自慢のおばさんだけれども、雨傘のお七に出くわしやしないかと、やっぱりちょいと怖かったんだよねえ」

「その盗人は、もうつかまったのですね。雨宿《あまやど》りを口実にして獲物に近寄り、盗みを働く盗人は」

「そうとも。虫の居所が悪い夜更《よふ》けにでも出くわしたら、ぐさりと刺されっちまうという噂《うわさ》もあったからねえ。雨傘のお七がつかまったという知らせを聞いたときは、心底ほっとしたもんさ」

「つかまった後は、どうなったのでしょうか」

「あっちでもこっちでも盗みを働いていたから、取った金を足し合わせたら、十両なんかとっくに超えていた。だから、ね。わかるだろう？」

「打ち首ですか」

「ああ。殺しの罪はしまいまで認めなかったようだけれど、盗みだけでも問答無用さ。何にせよ、捕り方の連中がちゃんと務《つと》めを果たして盗人をつかまえてくれたんで、夜道ももう安心ってわけ」

女はにこにことして、娘を振り向いた。

その途端、娘は手にしていたものを取り落とした。硬く小さな音がした。娘はすかさずしゃがんで、落としたものを拾った。

女は提灯を低くして、娘の手元を照らしてやった。黒漆《くろうるし》塗《ぬ》りの拵《こしらえ》が、光を受けてつやつやとしている。

娘が手にしたものは短刀である。

女は、ぞくりとした。

「あんた、何なんだい、その刀は……」

か細いはずの娘の声が、地を這《は》うように低く、女の耳に忍び寄った。

「下緒《さげお》が泥《どろ》で汚れちまったな。まあ、刀を落としたのは厄落《やくお》としとでも思うとするか」

娘は顔を上げた。赤い唇《くちびる》が弧《こ》を描いた。

まばたきひとつのうちに、娘の白魚《しらうお》のような手には刃《やいば》が握られていた。次の瞬間、熱いものが女の脇腹を突き抜けた。

女の手から提灯が落ちる。

娘は短刀を引き抜き、再び女を刺した。女は痛みのあまり声も出せぬまま、地に倒れ伏した。娘の白い脚が女の体を蹴って転がし、仰向《あおむ》けにする。

「あんた、取り上げ婆だって？　札差《ふださし》の大店《おおだな》に呼ばれた帰りだよねえ。ずいぶん羽振りがよさそうだ」

娘は女の袂《たもと》に手を突っ込むと、素早く財布を奪った。

女が娘の腕をつかんだ。娘は唇を歪《ゆが》めて舌打ちをし、女の手を振り払った。血に濡れた短刀を女の着物で拭《ぬぐ》うと、提灯を拾い、財布の中身をちらりと確かめる。

たちまち娘の目がきらきらと輝いた。

「こいつは今宵も縁起がいいねえ。やっぱり、月がきれいな夜はいいもんだ。雨傘は嫌いだよ。月に照らされる明るい夜がいい。あんたもそう思わないかい？」

女を肩越しに振り向いて、娘は、にいっと笑った。

娘は財布を自分の懐《ふところ》に押し込み、鞘《さや》に納《おさ》めた短刀を帯に隠して、夜道を歩き出した。凶事《きょうじ》から慌《あわ》てて逃げるわけではない。歩みは緩やかなものだ。

倒れた女のことなど、もはや忘れてしまったかのように、娘は振り向きもしなかった。

二

　十二月十四日は、およそ百二十年前、旧赤穂藩の四十七士が吉良《きら》邸に討ち入りを果たした日だ。積もった雪を月明かりが照らす、寒い夜更けだったという。

　播磨国《はりまのくに》赤穂藩主であった浅野内匠頭長矩《あさのたくみのかみながのり》が、江戸城内松之大廊下《まつのおおろうか》で高家《こうけ》の吉良上野介義央《こうずけのすけよしひさ》に殿中差《でんちゆうざし》で斬りつけ、切腹および改易《かいえき》の沙汰《さた》を下された。

　赤穂藩の旧藩士たちは浅野家の再興を願って働きかけを続けたが、ついに叶《かな》わず、主君の切腹から一年と九月の後、吉良邸に討ち入って仇討《あだう》ちを果たした。

　この一連の出来事は、歌舞伎《かぶき》や浄瑠璃《じようるり》、講釈《こうしやく》や草双紙《くさぞうし》を通じてよく知られている。幼い筆子でも、有名な場面くらいは見聞きしたことがあった。

　そういうわけで、十二月十四日の手習所は、四十七士の話で持ち切りだった。

　筆子たちは皆それぞれに、四十七士の中に贔屓《ひいき》がいる。一番人気は、年が若い大石主税良金《ちからよしかね》。討ち入りの中心となった大石内蔵助良雄《よしお》の長男だ。討ち入りのときは齢《よわい》十五、江戸に騒擾《そうじよう》を起こした責めを負って腹を切ったときは十六だった。

　ああだこうだと話が飛び交《か》う手習所に、途中からは矢島道場の門下生まで加わった。手習いも稽古《けいこ》もそっちのけになってしまったが、師範代の龍治は、しまいには自分がいちばんにぎやかに四十七士談義を盛り上げていた。

筆子たちが帰った後、一人になった勇実は、やれやれと苦笑いをした。

「昨日は煤払《すすはら》いで、手習所を閉めて屋敷の掃除。筆子たちも、もちろん掃除。昨日できなかったぶんの手習いを、今日はきっちりやらせようと思っていたら、忠臣蔵《ちゅうしんぐら》だものな」

今年のうちにここまで覚える、といった目途をつけていた筆子もいたが、このぶんだと厳しいだろう。

とはいえ、さほど障《さわ》りはあるまい。年の暮れで手習所を離れるのは、大二郎ひとりだ。当の大二郎はすでに、読み書きそろばんを十分に身につけている。ほかの筆子については、さほど焦《あせ》る必要もない。

手習所をざっと片づけると、勇実は道場に赴《おもむ》いた。

今日は手習いの指南で手を焼くことがなかったぶん、力を持て余していた。おかげでいつもより稽古に精が出た。

日暮れが迫る頃になって、目明かしの山蔵が息を切らして駆け込んできた。血走った目がきょろきょろと動く。

龍治が先回りして、山蔵に尋ねた。

「山蔵親分、親父に用事か？」

「へい。与一郎先生はいらっしゃらないんで？」

「親父なら、旗本の井手口さまのところで出稽古だ。井手口家は両国橋の東詰にあるから、訪ねていくならすぐそこだが。何にせよ、もうじき戻るはずだぜ。どうするかい？」

「そんなら、待たせてもらいまさあ。与一郎先生に相談したいことが出来《しゅったい》しやがったんです。出稽古の後、じっくり話を聞いてもらわなけりゃなりやせん」

胡坐《あぐら》をかいた山蔵は、指の腹でせわしなく膝《ひざ》を叩いている。焦《じ》れて、いらいらしている様子だ。

勇実と龍治は顔を見合わせた。勇実が山蔵に問うた。

「何が起こったんですか。ずいぶん困っているように見えますが」

「困ってもいるし、腹立たしくもあるってぇところですよ。ひとまず、勇実先生と龍治先生に伝えときやしょう。雨傘のお七って、覚えてまさあね」

「天気のよくない日に現れる女盗人でしたね。女を狙って盗みを働くから、三月ほど前に千紘と菊香さんが囮《おとり》になって、一味もろとも捕らえることができた。確か、本当の名はおとせといいましたっけ。打ち首になったと聞きましたが」

山蔵は苦い顔でうなずいた。

「女を狙う女盗人、雨傘のお七の件はあれで決着がついたと思っていたんですが、違ったんですよ。殺しをするほうのお七がまた出たんでさあ」

勇実は眉《まゆ》をひそめた。

「どういうことです？」

「七日ほど前、外神田の夜道で刺された女がいました。刺されてすぐに見つかったのと、腹や胸の肉が厚かったんで心の臓までやられなかったのが幸いして、ついに持ち直した。さっき目を覚まして、振袖姿の娘に刺されたと訴えたらしいんです」

「物取りは？」

「振袖姿の娘が財布を奪っていったそうです。まるっきり、雨傘のお七の手口なんでさあ。ただし、あっしらはそれを、虫の居所が悪いときのお七と呼んでいやした」

「虫の居所が悪かったのではなくて、初めから別人だったのですね。おとせは嘘《うそ》をついていなかった。盗みはやったが殺しはやっていないと言っていたんでしょう？」

山蔵はうなずいた。

「おとせがやったのは、確かに盗みだけだったようです。まあ、おとせとその一味がやったにしちゃあ、殺しの手口が鮮《あざ》やかすぎやしたしね。実は、おとせたちを捕らえた後も、お七と似た手口の殺しと盗みが起きて、下手人《げしゅにん》が見つからずにいたんでさあ」

龍治は懐手《ふところで》をした。

「真のお七とでも呼んでおくが、そいつはおとせを隠れ蓑《かくれみの》にして、殺しと盗みを働いていたんだな。ところがどっこい、こたびはとうとう、真のお七を間近に見た者が現れた。刺されて生き延びたとは、何とも運がいいな」

山蔵は眉を吊り上げ、歯噛《はが》みしている。

「人殺しの罪を重ねる真のお七を捕らえなけりゃあなりやせん。このまんまじゃ、あっしの面目は丸潰れだ。何より、悪党を野放しになんぞしちゃあならねえ」

門下生たちは山蔵を真ん中にした輪になって、話に耳を傾《かたむ》けていた。門下生ばかりでなく、いつの間にか千紘まで交《ま》じっている。

千紘は小首をかしげ、頬《ほお》に手を当てた。

「前のときと同じように、またわたしが囮になりましょうか」

勇実と龍治が即座に答えた。

「駄目だ」

強い調子の声がぴったり重なった。

いきなり異を唱《とな》えられて、千紘は頰を膨《ふく》らませた。

「わたしだって捕物のお役に立てます。今回見つかったという本物のお七さんも、雨傘のお七のおとせさんと同じように、女ばかりを狙うのでしょう？　だったら、囮の役はわたしが引き受けたらちょうどいいわ」

山蔵は渋い顔で唸《うな》った。

「罠《わな》を張りてえのはやまやまです。でも、千紘お嬢さん、相手が悪すぎやす。幾人殺したのか数えきれねえほどの、本物の悪党です」

「わかっています。悪党だからこそ野放しにできないでしょう。山蔵親分だって、つい今しがた、そう言ったじゃない。わたしが囮になって足止めをするから、その隙《すき》に山蔵親分たちがお七さんを捕らえてください」

「足止めなんて、うまくいきやせんよ。刺された女の話によると、真のお七は、おとせのように口車に乗せて油断をさせるようなことさえしねえんです。問答無用で、ぐさりだ」

「でも、山蔵親分」

千紘はなおも口答えをしようとした。

勇実は千紘の肩に手を載せた。きっ、と睨《にら》んでくる千紘の目をのぞき込んで、勇実は言った。

「世のため、人のために役に立ちたいという千紘の気持ちはよくわかる。でも、危ないことに首を突っ込むのはやめてくれ。前のときだって、怪我《けが》をしただろう」

「あのときは転ばされて、ちょっと打っただけだわ」

「人を殺そうという考えを持たない相手だったから、それで済んだ。初めから命を狙ってくるような相手だったら、どうなったと思う？　背中を取られるのも転ばされるのも、きわめて危ういことなんだ。あの場に居合わせて、私は本当に肝《きも》が冷えたんだぞ」

「次のときは、隙を作らないわ。きっとうまくやれます」

「いや、待ってくれ、千紘」

「わたしは大丈夫。兄上さまだって、前のときより気を引き締めて守ってくれるでしょう？」

「違う。そういうことではないんだ。そうたやすいことではなくて、どれほど気をつけていてもだな……」

勇実は言い淀《よど》んだ。言葉を尽くしてみたところで、武術に触れたことのない千紘には、おそらくわからない。

殺気を持って剣を振るう者から逃れるには、相手と同じかそれを凌《しの》ぐほどの技量と気迫と胆力が必要になる。技量が勝《まさ》っていてさえ、気迫と胆力で劣《おと》れば、やられる。

千紘は、肩に載った勇実の手からするりと逃れると、山蔵のほうへにじり寄った。

「山蔵親分、ここにお話を持ってきたということは、与一郎おじさまたちの力を借りにきたのですよね？　もっとお話を聞かせてください。本物のお七さんを捕らえる手掛かりはないのですか」

「駄目ですよ、千紘お嬢さん。今回ばっかりは、千紘お嬢さんに関わってもらうわけにゃあいきません」

山蔵が助けを求めるように、勇実と龍治に視線を向けた。

勇実は山蔵から目をそらした。千紘を止めるなど、勇実にはできない芸当だ。千紘をおとなしくさせるには、与一郎か珠代に言い聞かせてもらうのがいちばんいい。

龍治が、ぽんと勇実の肩を叩いた。任せとけ、と言わんばかりだ。龍治は千紘に向き直ると、にやりと、意地の悪い笑みをこしらえた。

「手練《てだ》れの人殺しを相手に、隙を作らず、うまくやってみせるって？　なあ、千紘さん。本当にそんなことができると思うのか？」

「嫌な言い方ね。ええ、やってみせますとも」

「肝が据《す》わっているのはいいが、威勢だけじゃあ、どうにもならないぜ」

千紘は、むっと膨れた。

「馬鹿にしないでください」

「自信があるのか？　じゃあ、試してみるかい？」

龍治は木刀をまっすぐ千紘に向けながら、二歩、三歩と下がった。まわりの門下生たちが、さっと退《しりぞ》く。

木刀の切っ先から千紘の喉元《のどもと》まで、およそ二間《けん》（約三・六メートル）。龍治はその位置でぴたりと止まった。

千紘は硬い顔をして、龍治を睨んでいる。

「試すって、一体何のつもりですか」

「本気で刀を向けてくる相手が恐ろしいってことを、千紘さんにわかってもらおうと思ってな。さあ、身構えてみな」

「……わかりました」

にこりとした龍治は、次の瞬間、笑みを消した。龍治がすっと体を沈めたと同時に、だん、と床を蹴る音が響く。

二間の距離は一瞬で縮まった。

龍治は弓手《ゆんで》で千紘の肩を支えつつ、千紘の足を払った。

千紘は目を閉じる間もなかっただろう。

龍治は、千紘をふわりと床に引き倒した。千紘の仰向けの喉の上に、ぴたりと木刀を添える。

「ほら、これでもうおしまいだ。千紘さんだって、油断していたわけじゃねえだろう？　まっすぐ俺の動きを見ていたはずだな？　それでも、どんなに身構えていても、相手次第では、こういうことになるんだよ」

龍治は木刀を引くと、千紘の体をそっと起こして座らせた。千紘に手を差し伸べる。

道場の中は、しんとしていた。呆然《ぼうぜん》として龍治の手を見る千紘の目に、じわじわと涙がたまっていく。

千紘はやがて、ぎゅっと顔をしかめるようにして龍治を睨んだ。龍治の手をはねのけると、身を翻《ひるがえ》して道場から走り出ていった。

ほう、と道場の空気が緩んだ。

龍治は頭や首筋をしきりに掻《か》いた。

「やりすぎたかな」

勇実は龍治の背中をとんとんと叩いた。

「お疲れさん。あれくらいしないと、千紘はあきらめなかっただろう。いい薬になったとは思うよ」

「でも、体にさわったのはまずかった気がする」

「それはもちろん、そうだな。斬り掛かるそぶりで寸止めするだけで、十分だった。龍治さんじゃなかったら殴っている」

「殴ってくれていいよ。しくじったな。でも、床につけられたほうが、負けたという念をより強く感じられるだろう？　だから、あんなふうにしたんだけどさ」

龍治はぼそぼそと言って、うなだれた。

それからほどなくして、与一郎が道場に姿を見せた。出稽古帰りの荷物も置いていない。変に静かな道場の様子が気になって、まずこちらをのぞきに来たのだ。

「今戻ったが、おまえたち、どうしたのだ？　揃《そろ》いも揃って、ずいぶんと難しい顔をしておるな」

「お待ちしておりやした、与一郎先生」

山蔵は与一郎のところへ飛んでいくと、雨傘のお七が人殺しではなかったこと、人殺しをする真のお七の手掛かりを得たことを告げた。

与一郎は腕組みをし、眉間《みけん》に皺《しわ》を寄せて山蔵の話を聞いた。そして言った。

「人殺しを野放しにしておくことは許しがたい。雨傘のお七の件には我々もしっかり関わってしまったから、真のお七のほうも手を貸したいところだ。さて、策をどうしたものか」

龍治が案を出した。

「囮を泳がせて釣り上げるのはどうだ？」

山蔵は首をかしげた。

「その案はさっき、龍治先生が潰しちまったじゃあないですか」

「いや、俺は千紘さんが首を突っ込むのを止めただけだ。案そのものを潰したつもりはないぜ。なあ、山蔵親分。人殺しのお七も、女を狙うってので間違いないな?」

「へい。女を狙って盗みを働き、必ず殺しをやっておりやす。手口は水に投げ込むか、刀で刺すかのどっちかです。たまたま違うやつが同じ手口を使っているにしちゃあ、うますぎます」

「手練れが幾人もいると考えるより、一人の手練れが罪を重ねていると考えるほうがしっくりくる、と」

「そういうことです。特に、刀の刺し傷がどれも同じに見えるんですよ。斬るんじゃなくて刺してある。それも毎度、かなり深いんでさあ。よほど思い切りよくやらなけりゃあ、あそこまでの刺し方になりやせん」

「よくわかった。やっぱり、大事な役を人任せにはできねえな。この件、俺が囮になろう」

とっさには誰も頭が回らず、龍治の言葉に応じそびれた。ちょっと遅れて、勇実が龍治の意図を確かめた。

「龍治さんが女に扮して囮になるということか？」

「ご明察。俺の背格好なら、女に見せかけることができるだろう」

「でも、龍治さん、いいのか？」

龍治は、にっと笑った。

「勇実さんの筆子たちが俺に何ていうあだ名をつけているか、勇実さんだって知っているだろう？　俺が屋根に上ったり宙返りをしたりと、身が軽いのを見せてやると、あいつら、必ず俺のことをあだ名で呼ぶじゃねえか」

「牛若丸《うしわかまる》だ」

「そう。源《みなもとの》義経《よしつね》公の幼名で、あいつらは俺を呼ぶ。だからさ、牛若丸が五条《ごじょう》の橋の上で弁慶《べんけい》の刀狩りを止めたときみたいに、女に扮して敵を討つ役回りは、俺にはおあつらえ向きだろう」

山蔵は、龍治と与一郎を見据《みす》えて問うた。

「囮は龍治先生にお願いしやす。それで、いつから動きますかい？」

与一郎は即座に答えた。

「今から動こう。龍治、勇実、よいな？」

半ば気迫に呑《の》まれるようにして、勇実は、はいと答えた。

策が定まると、山蔵の動きは素早かった。

山蔵は、連れてきていた下っ引きのうち、一人を八丁堀へ、もう一人を薬研堀界隈《かいわい》へ走らせた。

八丁堀のほうは、定町廻り同心の岡本達之進に渡りをつけるためである。薬研堀に行かせたのは、そのあたりの居酒屋や小料理屋にいるはずの髪結《かみゆ》いの伝助《でんすけ》を捜すためだ。

「伝助のことは、ご一同、知っていやしたっけ？」

山蔵の問いに、龍治だけが、会ったことがあると手を挙げた。

「八丁堀の屋敷を得意先にしている、噂に耳ざとくて金にがめつい男だな。男前というよりべっぴんって感じで、女形の役者みたいだった。俺が見てわかるくらい、はっきりした化粧をしていたな」

「化粧だけじゃあねえ。着こなしも女形風なんでさあ。女物の帯を締めていることも、よくありやす」

「変わっちゃあいるが、よく似合っていた。ああいうやつはおもしろいな」

「へい。あいつはおもしれえ上に、大した技の持ち主なんですよ。男に女の格好をさせるにしろ、女に男の格好をさせるにしろ、伝助に任せれば、うまい具合に仕上げてくれやす」

門下生たちは捕物に首を突っ込みたがっていたが、与一郎が皆、帰らせた。道場に残ったのは、勇実と龍治、与一郎、山蔵だけだ。

道場の広間はしんしんと冷えていく。四人は脇部屋に場を移し、火鉢《ひばち》で暖を取りながら、人殺しのお七について、わかっていることを改めて確かめた。

三月ほど前に捕らえた雨傘のお七こと、おとせは、昼から夕方にかけて、天気のぐずつくときに現れていた。器量はさほどでもないが、笑顔を作るのがうまかった。世間話で気を惹《ひ》きながら、こっそりと盗みを働くのが手口だった。おとせが狙った獲物は、すべて女だった。

その頃に起こっていた、女を狙った盗みには、おとせの条件から外れるものもあった。

雨傘とは縁遠い天気の、月の出た夕方や夜に起こっている点。見た者によれば、盗人が色白の美しい娘だったという点。盗みだけでなく、殺しもおこなわれる点。殺しの手口がきわめて鮮やかである点。

そうやって洗い出していけば、おとせとは別に、より厄介《やっかい》で凶悪な女盗人がいると考えるほうが筋が通る。

勇実は山蔵の話を聞きながら、どんどん気分が沈んでいった。

人の命を平気で奪う悪党というのは、世の中に確かに存在するのだ。そんな者と、今から向き合わねばならない。

勇実は何となく障子を細く開け、冷たい風に頬をさらした。小望月《こもちづき》が昇り始めている。

この脇部屋は龍治の縄張りだ。龍治は近頃、母屋《おもや》よりもこちらで寝泊まりすることが多いらしい。

部屋の隅には着替えや夜具《やぐ》が置かれ、衝立《ついたて》で隠してある。子供の頃は、勇実もたびたびこの部屋に泊まりに来たものだ。

伝助を捜しに行っていた下っ引きが戻ってきた。

「山蔵親分、伝助と話がつきました。今夜やるなら、すぐにねぐらに来いと言ってくれました」

雑に描かれた絵図に、伝助のねぐらの場所が示してあった。小伝馬町《こでんまちょう》の牢屋《ろうや》敷《しき》のすぐ近くである。

山蔵はぎらりと目を光らせた。

「今夜これから繰り出すってぇので、本当にかまいやせんね？」

与一郎が、一応といった体《てい》で山蔵に確かめた。

「これから動くのでかまわんが、ほかの目明かしとの渡りはつけておるのか？」

「そいつぁ問題ありやせん。おとせを捕らえたとき、あちこちの連中と手を結びやした。その縁があったんで、今回、真のお七に刺された女が息を吹き返したってぇ話も持ってきてもらえたんですよ。こっちが動くとなりゃあ、助っ人を出してくれるでしょう」

「ならば安心だ。儂《わし》らも山蔵親分に手を貸そう。よいな、龍治。この策は、囮を務めるおまえに懸《か》かっておるようなものだ」

龍治は、右の拳《こぶし》を左の掌《てのひら》にぶつけた。

「任せとけよ」

龍治の目配せを受けた勇実も、うなずいた。

「私も、力になりたいと思います」

与一郎が、腰を浮かせかけた勇実と龍治に告げた。

「今宵は真剣を帯《お》びておけ。抜くことになるやもしれん。その覚悟をしておくのだ」

勇実も龍治も、思わず息を吞んだ。

「親父、それはうちの教えに反することになるんじゃないのか?」

与一郎は静かな声で問うた。

「おまえは、人を殺した者と渡り合ったことがあるか?」

「ない」

「そうであろう。儂とて、片手で数えられる程度にしかない。そのわずかな場数の中で、一度、若い時分に失敗した。儂が木刀にこだわったがために、兄弟子を一人、死なせてしまった」

勇実も龍治も初めて聞く話だった。黙りこくる二人を前に、与一郎は淡々《たんたん》と続けた。

「真のお七なる人殺しは、木刀でどうこうできる相手ではなかろう。おまえたちも、鋼《はがね》の刃を持つ刀で闘うことだ。だが、相手を殺してよいとは言わん。殺さずの剣を貫《つらぬ》け。自分の命も相手の命も、おろそかにしてはならん。よいか?」

勇実の背筋に震えが走った。武者震いだと思いたかった。

「支度をしてきます」

与一郎に一礼し、さっと立ち上がる。

脇部屋を辞するときに振り向くと、龍治は薄く目を閉じて気息を整えていた。

今宵これから赴くのは戦《いくさ》なのだ、と勇実は思った。

すでに殺しに慣れた敵が、本気で襲ってくる。防がねば殺されるが、こちらは相手を殺してはならない。それがどれほどの困難であるのか、勇実には推《お》し量《はか》ることもできなかった。

勇実よりも誰よりも危険な役目を負うのは、龍治だ。

何が何でも龍治を守らねばならない、勝たせねばならない。勇実はそう腹を括《くく》るべく、両の拳をきつく握って、掌に爪を突き立てた。


日が落ちてしんしんと冷え込む中、勇実たちは小伝馬町にある伝助のねぐらを訪ねた。裏長屋ではあるが、伝助が住むのは、二間続きの広い部屋だった。

長屋の軒下《のきした》は昼間も日が当たらないのだろう。いつぞや降った雪が残り、がちがちに固まっていた。

髪結いの伝助は、ほのかに酒の匂いをただよわせていた。

「来たかい。すぐにも出立《しゅったつ》したいんだろう？　とっとと支度をするよ」

伝助は、細身の体に千鳥《ちどり》模様の打掛《うちかけ》を引っ掛けていた。裏地の緋色《ひいろ》が鮮やかで、ぱっと目を惹く。その下に着込んでいるのは薄鼠色《うすねずいろ》の男物の袷《あわせ》だが、帯は先ほど山蔵が言ったとおり、幅の広い女物だ。

髪は男らしく月代《さかやき》に髷《まげ》を結《ゆ》っている。目元には紅《べに》を刷《は》いている。三十を超えていそうだが、唇と爪が妙につやつやしており、年頃の確かなところはわからない。


勇実はつい、じろじろと伝助を見つめてしまった。

伝助はにやりとした。

「あんた、男に興味があるのかい？　あたしゃ、女が相手のほうがいいけどね」

はっとした勇実は、慌てて頭を下げた。

「失礼しました。あの……」

「気にしなさんな。お堅い侍には、あたしの出《い》で立《た》ちが妙ちきりんに思えるんだろうね。まあ、これは道楽さ。人さまに迷惑をかけるでもなし。いや、むしろ山蔵親分のお役にゃ立っているよねえ」

目配せを受けた山蔵は、むっつりとうなずいた。

「場合によっちゃ、あんた、並みの目明かしより腕利《うでき》きだからな。伝助さん、聞いているだろう。この人を若い娘のように仕立て上げてくんな」

山蔵は伝助のほうへ、ずいと龍治を押し出した。

伝助は龍治を一瞥《いちべつ》し、武家娘の身投げのときの、と言い当てた。かつて菊香が大川に落ち、勇実が菊香を助けて白瀧家で預かったときのことだ。菊香の身元につながる噂話を仕入れてきたのが伝助で、その噂話を伝助から買い取ったのが龍治と千紘だった。

勇実たちは伝助に促《うなが》され、部屋に入った。

龍治はさっそく履物を脱いで上がり込みながら、伝助に注文をつけた。

「扮装《ふんそう》は完璧じゃなくてもいい。暗い夜道で見破られなけりゃいいんだ。座敷に上がるわけじゃねえから、細かいところは適当にごまかしてくれ。動きやすいのが大事だ」

「女の着物で動きやすいのを寄越せと言われてもねえ。はだけようが帯が解けようが、いちいち気にしなけりゃあいいでしょう」

「気にするよ。かわいい顔した若い娘がそんな格好で外を歩いていたら、まずいじゃねえか」

伝助は、ふふんと笑った。

「てめえの顔をかわいいと言っちまえるやつは、嫌いじゃないよ。そうだねえ、裾《すそ》をはしょって短めにしておこうか。いや、初めからわざと裾を割っとこうか。定石《じょうせき》から外れた着付けでも、見破られなけりゃいいんだから」

「袖も、ひらひらするのは困るぜ」

「はいはい。注文がうるさいねえ。振袖のほうがかわいいんだけどね」

部屋の中は長持《ながもち》だらけだ。伝助はその蓋《ふた》を片っ端から開けた。次いで、小間物《こまもの》売りが商《あきな》いをするときのように、櫛《くし》や笄《こうがい》、簪《かんざし》や化粧道具を納めた木箱を次々と広げていく。

勇実と与一郎は上《あ》がり框《かまち》に腰掛け、山蔵は土間に立ちっぱなしで、伝助の仕事ぶりを見物した。

伝助は手早かった。選んだのは、夜目にも映《は》える淡《あわ》い色の小袖《こそで》だ。ぱっぱと龍治の着物を脱がせると、女物の小袖を着せつける。そうしながら、ぐるりと視線を巡らせて、似合いの帯を探している。

龍治は黙って、されるがままになっていた。髪も解かれ、羽二重《はぶたえ》でぴったりと頭を覆《おお》ってから、かつらをかぶせられる。

「かつらってのは重たいもんだな。肩が凝《こ》りそうだ」

「女の髪はこんなもんさ。かつらは糊《のり》を使って貼りつけるから、動き回っても、そうそうたやすく落っこちやしないはずだ。簪は、ほら、鉄でできた丈夫なのを挿《さ》しておくよ。いざというときには武器として使いな」

きびきびと髷を整えた伝助は、龍治の手をつかんで簪に触れさせた。

「なるほど。簪って、このあたりにあるのか」

「傍目《はため》に見るのと自分の頭に女髷《おんなまげ》が載っかっているのとじゃあ、ずいぶん違って感じるだろう。さて、化粧もしないとねえ」

龍治はもともと髭《ひげ》が薄い。ふわふわとした、うぶげのようなものだ。伝助は、その毛をさっと剃《そ》ってしまうと、眉も細く整えた。

伝助は、花の露《つゆ》やら椿油《つばきあぶら》やら、白粉《おしろい》やら口紅やら、勇実が見たことも聞いたこともない何かやらを、ずらりと床に並べた。

龍治の肌に花の露をはたき込みながら、伝助は感嘆《かんたん》のため息をついた。

「あんた、肌がきれいだね。きめが細かいし、十分に潤《うるお》っている。白粉なんかつけたら、かえってもったいないくらいだ」

「そりゃどうも」

「こんなにいい肌は、男には珍しいよ。日頃、肌のために何かやっているのかい？」

「何も。毎日、道場で汗をかいて、そのままさ」

「ずるいもんだ。男の肌ってのは普通、女の肌と違って、きめが粗《あら》くて脂《あぶら》っぽくて、ごわごわと硬いのさ。いきなり化粧をしようとしても駄目。まずは柔らかく潤してやらなけりゃならない。ところが、あんたの肌は初めから、見事にもちもちしているんだ」

伝助は口を動かしながら、それ以上にせわしなく手を動かし続けた。

勇実には何が起こっているのかわからなかった。不可思議な術でも見せられているかのようだった。勇実はただ、ぽかんとして、伝助の手元に見入っていた。

伝助は、少しずつ色味の違う幾種類もの白粉を使い分け、龍治の顔を仕上げていく。さっと刷毛《はけ》を走らせると、頰や顎《あご》や鼻筋から硬い影が消える。

頰紅《ほおべに》も幾種類もあった。それらを少しずつ何度も肌に乗せるたび、龍治の頰がふわりとして、顎も優しげな丸みを帯びる。

いきなり、与一郎が笑い出した。

「いや、さすがに親子だな。龍治、今のおまえの顔は、珠代の若い頃そのものだ」

山蔵もそれを聞いた途端に噴き出した。

龍治は母の名を挙げられると、きれいに整えられた柳眉をぴくりと動かした。しかし、文句を言う前に伝助につつかれた。

「ほら、目を閉じな」

龍治はおとなしく伝助に従った。

目尻に差されたのは、紅と言うほどにはきつくない牡丹色《ぼたんいろ》だ。すっとした切れ長に描かれているが、牡丹色の柔らかさが効いて、しおらしい風合いである。唇にも同じ牡丹色を差すと、若い娘の装《よそお》いが出来上がった。かつての珠代を知る与一郎と山蔵は、相変わらずにやにやしている。

勇実は、頭痛を覚えるような心地だった。

「龍治さんとは思えない。化粧をするところを見ていたからいいようなものの、もし見ていなかったら、私でもあっさり騙《だま》されてしまいそうだ」

伝助も満足の出来栄《できば》えのようだ。

「なかなか大したもんだろう？　あたしの腕も見事だが、何より土台がいいんでね」

鏡をのぞき込んだ龍治は、もう笑うしかないといった様子で笑った。

「こいつはすげえな。どこからどう見ても、若くてかわいい女だ。この顔じゃあ、俺でもころりと騙されるぞ」

龍治はひょいと立ち上がり、軽く膝を曲げたり腕を振るったりした。存外動きは悪くないし、着付けが崩れることもないようだ。

もともと龍治が身に着けていたものをまとめて風呂敷《ふろしき》で包み、山蔵がそれを抱えた。

龍治の手にある武器は、短刀が一振《ひとふり》だ。いつも腰に差す木刀も、今日は持ってきていない。

勇実は不安になって龍治に訊《き》いた。

「本当に短刀だけで大丈夫なのか？」

「この格好だぜ。帯に隠し持てる長さの短刀がちょうどいい。それに、こいつはとてつもなくいい刀なんだ」

龍治は短刀の鞘を払った。

すんなりと細身の短刀だ。群青色《ぐんじょういろ》にも見える地鉄《じがね》の鍛《きた》え肌《はだ》は、よく目が詰まり、星屑《ほしくず》のような点が散っている。焼き幅の広い刃文《はもん》は明るく、地鉄との境はにじんで、薄雲のように淡い。

ぞくりとするほどの、美しい短刀である。

勇実は息を呑んだ。

「龍治さん、この刀は？　こんな業物《わざもの》を持っていたのか？」

「こっそり貯めた金で手に入れたばっかりさ。無銘《むめい》だが、左文字《さもんじ》の短刀に似ている。一目で惚《ほ》れたんだ。こいつを懐に忍ばせておけば、この上なく心強い」

「守り刀というわけか」

龍治は、にっと笑った。

伝助は手をはたいて、勇実たち一行を追い払った。

「世話になったな、伝助さん。ありがとう」

龍治が礼を言うと、伝助は照れ隠しのように荒っぽい口調になった。

「あんた、歩き方には気をつけな。若い娘は大股で歩いたりしないんだ。まあ、武芸の達人にとっちゃ、他人の動きを真似ることなんて造作《ぞうさ》もないよねえ。若い娘になり切るのだって、できるだろう」

「そんなふうに言われると、どじを踏むわけにはいかねえな」

「今日必ず獲物がかかるとは限らないんだろ。明日も明後日《あさって》も、何度でも力を貸したげるよ。ただし、明日からは金を取るけどね」

伝助はひらりと手を振り、部屋の中に引っ込んだ。

一行は小伝馬町を後にした。途中からは龍治を先頭にし、勇実たちは十分に離れて後を追う形にした。

目指す先は、まず、神田川に架かる柳橋《やなぎばし》である。神田川が大川に注ぎ込むあたりだ。その付近の裏路地に、真のお七がよく出るという。


千紘は屋敷に駆け込んだきり、部屋の隅にうずくまっていた。

悔しくてたまらなかった。

龍治は赤子の手をひねるように、たやすく千紘を打ち負かした。

いっそのこと、思い切り痛めつけられるほうが、気分が楽だっただろう。龍治はそうしなかった。

龍治は片腕で千紘を支え、ふわりと床に下ろした。その一方、目に宿《やど》していたのは、千紘が見たこともないほどの凍《い》てついた色だった。あれが殺気というものだったのか。

恐ろしくて、身動きひとつできなかった。

男がその気になれば、千紘のような小娘など、ほんのひとひねりなのだ。それを、よりにもよって龍治が、千紘に教えた。

よりにもよって、と感じてしまうのは、なぜなのか。

あんなふうに扱われたのは、相手が龍治だからこそ、嫌だった。そのくせ、龍治の手が離れていって、自分の身に何が起きたのかがわかったその途端、千紘の心の臓は騒ぎ出した。喜びにも似た音色《ねいろ》をけたたましく響かせながら。

千紘が部屋の隅から動かない間、お吉は矢島家の女中のお光に呼ばれ、いそいそと垣根《かきね》の向こう側へ行った。二人の老《お》いた女中が一緒に二家ぶんのお菜《さい》をこしらえるのは、ままあることだ。

部屋はだんだん暗くなっていった。夜の闇が迫るにつれ、しんしんと冷えていくのがわかった。

勇実が途中で屋敷に戻ってきた。ごそごそと身支度を整える気配があって、それから、勇実は千紘に声を掛けた。

「ちょっと出掛ける」

千紘はその声が聞こえないふりをした。

勇実も、千紘は居眠りをしているとでも思ったのだろう。その一言だけで、どこへ行くとも告げなかった。勇実は火鉢を千紘のほうに寄せると、そのまま出ていってしまった。

足音が遠ざかるのを聞きながら、千紘は掌に爪を立てた。

もしも千紘が男で、それなりに腕が立つのなら、一人で置いていかれることもなかっただろう。

何の役にも立てない自分が腹立たしく、悔しくて、千紘は唇をきつく嚙み締めた。乾《かわ》いて傷《いた》んでいた皮膚がぷつりと破れて、舌先に血の味がにじんだ。

そうしているうちに、千紘はいつの間にか、うとうとと眠っていた。

「千紘お嬢さま。起きてくださいまし。風邪《かぜ》をひいてしまいますよ」

お吉に肩を揺さぶられ、千紘は目を覚ました。

夕餉《ゆうげ》の支度は、矢島家のほうに整っていた。少し崩れた帯をお吉に直してもらってから、千紘は、開けっぱなしの木戸をくぐった。

千紘とお吉を出迎えたのは、珠代とお光だけだった。

このときになってやっと、千紘は、勇実と龍治と与一郎が揃って出掛けたことを知った。千紘は血の気が引くのを感じた。

「珠代おばさま、三人とも、どこへ行ったの?」

「さあ。はっきりとは聞いていないわ。戻るのは朝になりそうだとだけ」

「危ないことをしようとしているみたいなの。夕方に山蔵親分が来て、捕物の加勢を頼んでいたわ。捕らえたいのは、今までに幾人も殺している下手人で、とても恐ろしい人なんですって」

珠代は眉尻を下げて微笑んだ。

「そうなのね。きちんと話もせずに、困った人たちだこと。でも、今に始まったことではないわ」

「わたしだってわかっています。わかっているはずだけれど……」

うつむいた千紘の頬を、珠代の手がそっと包んだ。珠代は千紘の顔をのぞき込んだ。

「どうしたのかしら。いつもの、肝の据わった千紘さんらしくないわね」

「龍治さんや兄上さま、与一郎おじさまがどれほど怖いことをしようとしているか、ほんの少し、わかったの。それなのに、わたしは何の力もなくて、お手伝いさえできない。それが悔しくて、怖いの」

珠代はゆっくりとうなずいた。

「そうね。千紘さんやわたしは、刀を振り回して闘うことはできない。でも、役割はあるわ。わたしたちがなすべきことは、信じて待つことよ。あの困った人たちには、帰るところがなくてはならないのだから」

「帰るところ？　本当に、ちゃんと帰ってきてくれるかしら」

「もちろんよ。さあ、千紘さん、夕餉にしますよ。今晩はこちらに泊まるといいわ。あの人たちの帰りを、一緒に待ちましょう」

千紘はうなずいた。上の空で思い描いたのは、凍てついた目をした龍治の顔だった。

三

今宵はまた明るい月が昇るだろう。起き抜けに、昼下がりの空を見上げて、娘はそう思った。

たちまち、娘の血は騒ぎ出した。

さあ、今宵も出掛けよう。

娘は、育ちのよいお嬢さんのように着飾り、髪を整え、紅を差した。西陣織《にしじんおり》の帯に、黒漆塗り拵の短刀を隠す。

身支度の整った己の姿を鏡に映《うつ》し、娘はうっとりと微笑んだ。

娘は、今の暮らしが楽しくてたまらない。

初めは、どうにか生き延びるために始めた盗みだった。殺しをやったのも、初めは仕方がなかったからだ。つかまれて揉《も》み合ううちに、相手を川に突き落としてしまった。お座敷帰りの芸者だった。

水音が聞こえたきり、芸者は浮かんでこなかった。

揉み合ったときの汗が引くにつれ、娘は楽しくなった。奪った財布は、ずしりと重かった。濡れ手で粟《あわ》のぼろ儲《もう》けだ。何てたやすいことだろう。

盗みも殺しも、恐れることは一つもなかった。

刀の使い方は幼い頃から仕込まれていた。娘の師となった人は皆、この子は筋がよいと誉《ほ》めてくれた。あの頃は、誰もかれもがちやほやしてくれた。

娘の家は、それなりに裕福な旗本だった。妾《めかけ》の子であるにもかかわらず、娘は母ともども本家に引き取られ、かわいがられていた。

ところがあるとき、父が役目でしくじって、家が傾いた。

家の中が不仲になると、娘と母は即刻追い出された。母は上手に世間を泳いで、また別の旗本の妾に収まったが、娘は母の金を奪って飛び出した。

雨傘のお七なる女盗人の噂が立ち始めたのと、娘が夜に着飾って出掛けるようになったのと、おそらくちょうど同じ頃だ。

娘は、雨傘など差したこともない。自分の真似をされているようで気分が悪いと思ったが、隠れ蓑があるのは都合がよいとも思った。

最初の獲物を川に落として沈めてから、もうじき一年になる。あれは節分《せつぶん》の夜だった。おぼろ月と白魚の時季だと、どこぞの座敷から歌う声が聞こえていた。

娘は盗人稼業が好きだった。一人きりで生きることも、楽しくてたまらなかった。

これにもいつか飽きてしまう日が来るのだろうか。そう考えるときだけ、少し怖くなる。

もしも飽きてしまったら、そのときは、何かを変えてみよう。違う殺し方でも試してみれば、また楽しくなるのではないか。

幾人を手に掛けたのか、初めから数えてもいない。奪った銭は無造作に、長持に投げ込んである。

暮らしていくための蓄《たくわ》えなら、もう十分だった。

だが、娘は今宵も獲物を求め、外をさまよわずにはいられない。

「月がきれいだから、仕方ないよねえ」

娘は鏡に向かってささやき、赤い唇で、にいっと笑った。

冷えた夜更けに人影はない。

龍治はただ一人、両国広小路《ひろこうじ》を後にした。ここから神田川沿いに、西へ向かって歩く。橋に当たれば、渡ってみる。そしてまた神田川に沿って、北岸の河岸《かし》と南岸の土手を見ながら、西へと歩いていく。

勘が冴《さ》えるときというのは、あるものだ。この道で合っていると、何かに導かれるように、龍治はそう感じていた。

和泉橋《いずみばし》が見えてきたときだった。

下駄《げた》の鳴る音を聞いた気がして、龍治は顔を上げ、目を凝らした。

「幽霊……じゃあねえな。当たりか？」

ほっそりとした人影が、対岸の内神田のほうからやって来て、橋の中ほどで立ち止まったところだ。明るい月の光を浴びながら、白い顔をした娘が、こちらをじっと見ている。

龍治はうつむきがちに、せわしなく足を交わした。若い娘が早足で歩くさまを真似するのはたやすかった。龍治がいつも目で追っている千紘は、こんなふうにせかせかと歩く。

近づくにつれ、橋の上に立つ娘の姿がはっきりしてきた。ぞっとするほど美しいたずまいの娘だ。

龍治は提灯を掲げながら、橋を渡り始めた。

娘はじいっと龍治を見ていた。龍治は娘の前で足を止めた。

血のような色の紅を引いた娘の唇が、楚々《そそ》として動いた。微笑んだのだ。娘は、ささやき声で言った。

「あなたさまも、お一人なのですね」

龍治は黙ってうなずいた。

娘はさらに一歩、近寄ってきた。

「そんなに怯《おび》えた顔をしないでくださいまし。どちらへ向かうのですか。ご一緒しませんこと?」

おかしいだろう、と龍治は胸中で物申した。別々のほうから歩いてきて、橋の上で出会い、すれ違おうとしている。道行きが重なるはずはない。

ご一緒することそのものが、この娘の狙いなのだ。

いいだろう、乗ってやろうじゃねえか。龍治は唾《つば》を呑み込んだ。我知らず、喉がからからに渇いていた。

龍治は、できるだけ細い声を出した。

「ええ、ご一緒しましょう。お名前をお聞きしても？」

娘は不意を打たれた様子で、柳眉をかすかにひそめた。しかし、すぐにそんな顔を消して、娘は告げた。

「七と呼ばれております。あなたさまは」

偽名くらい用意しておくべきだった。とっさに頭に浮かんだ名を、龍治は口にした。

「千紘と申します」

声に出してその名をつぶやいた途端、龍治の胸の奥に火がともった。何と心強いのだろう。千紘の名は、その響きは、龍治にとって守り刀にも等しい。

お七は龍治の隣に並んだ。思いがけず、お七のほうが上背《うわぜい》がある。

提灯を持った龍治が半歩前に出た。あえてお七に隙を見せている。龍治は振り向かず、しかし、背中に気を張った。

ぼろを出してはならない。相手がぼろを出すよう、誘わねば。

ふふ、と、娘が声を忍ばせて笑った。

龍治の首筋のうぶげが逆立った。それと同時に、龍治は振り向いた。

お七が短刀を抜き放っていた。提灯の明かりに、刃がぎらりと光る。

龍治はとっさに跳び離れた。

踏み込んでこようとしたお七は、半端に突き出した短刀を構え直した。にいっと、美しい顔に笑みが浮かぶ。

「運がいいねえ」

ささやくお七の声が、川の流れる音と混じる。こぼれた吐息が白くただよっている。

龍治は、そろりと、提灯を橋の上に置いた。お七はおもしろそうに、龍治の仕草を眺《なが》めている。

勇実や与一郎、山蔵とその下っ引きたちは、気配を隠せる遠くから、龍治の動きを見張っているはずだ。岡本も駆けつける手筈《てはず》になっている。

明かりが橋の上にとどまっているのが、皆にもわかっただろう。獲物は罠に掛かった。あとは、捕り方たちがたどり着くまで、龍治が時を稼げばよい。

お七は無造作に近寄ってくる。手にした短刀は、研《と》ぎ減っているようにも見える細身の造りだ。きっとあの短刀が幾人もの命を吸ったのだろう。

龍治は腰を落とした。じりじりと脚を開くと、帯も襟《えり》も乱れないまま、小袖の裾だけが素直に割れた。伝助の着付けの妙技だ。冷えた夜気がじかに触れ、肌が粟立《あわだ》つ。

お七はいきなり間合いを縮め、攻めてきた。刺突《しとつ》である。

女が刃物を使うときは斬るより刺そうとするものだと、龍治は聞いたことがある。なるほど、体ごとぶつかる勢いを乗せて深く刺し貫くなら、非力な女でも人を殺せるだろう。

龍治は体《たい》を開いて、お七の刺突を躱《かわ》した。すかさず懐から短刀を抜き、構える。

お七の唇が歪んだ。

「生意気な。なぶり殺しにしてやろうか」

お七は短刀を持ち替えた。

龍治は目を見張った。

順手《じゅんて》で短刀を握ったお七の構えは、きちんとした小太刀術《こだちじゅつ》のそれだ。お七の短刀は、龍治が得手《えて》とする小太刀術の木刀より短いが、動きの形《かた》はおそらく似ている。

こいつ、武家の育ちか。龍治はお七を見据えた。殺しの手際のよさを山蔵が指摘していたが、やはりお七はそれなりの剣の遣《つか》い手《て》なのだ。

女だから軽い短刀を選んだわけでも、女だから刺突しかできないわけでもない。得意の武器を使い、最も力を発揮できる技を繰り出している。甘く見ようものなら、その隙を突いて殺される。

お七は地を蹴った。鋭い斬撃が龍治の首を狙う。

龍治はお七の短刀を峰《みね》で受ける。押し合いになる。

ぐいと、お七は攻撃の軌道《きどう》を変えた。強引に薙《な》ぎ払おうというのだ。

龍治はお七の力を支えかねた。辛《かろ》うじて受け流す。空振りしたお七がたたらを踏む間に、龍治は下がって構え直す。

お七は凄《すさ》まじい顔で龍治を睨んだ。髪が乱れ、襟がはだけている。

唐突《とうとつ》に、龍治は気がついた。

「男なのか」

それで合点《がてん》がいった。

川や水路に投げ込むにせよ、刀で深々と刺すにせよ、お七の殺しの手口は力を必要とするものだ。男よりも力自慢の女、剣術上手の女もむろんいるが、数はごく少ない。女を抱え上げる男、剣の腕に覚えがある男のほうが、ずっと多いだろう。

龍治自身が女に扮している今だから、お七と名乗った男の狙いも読めた。夜道を行く女を狙うなら、男ではなく女の姿のほうがずっと、ことをうまく運びやすい。

相手の正体がわかった。そのことが龍治を落ち着かせた。

お七は、初めて出くわしたときの静かな立ち姿と打って変わって、ぐんと大きく見えた。吹きつけてくる、と感じるほどの殺気を放っている。

龍治が先に仕掛けた。

より低く体を沈め、お七の脚を狙う。

鋼の刃を持つ短刀が重い。木刀とは重心が違う。振り抜く腕に勢いが増す。そっとするほどに重く鋭い斬撃が、おのずと繰り出されてしまう。

龍治の一撃は、お七の短刀によって半ば弾《はじ》かれた。だが、布と肉を裂く手応《てごた》えもあった。

お七はふとももを押さえ、呆然と目を見開き、叫んだ。

「痛《いて》えぇぇぇ！」

ひび割れた声は、隠しようもなく男のものだった。

お七はわめきながら、龍治に襲いかかってきた。唸りを上げて短刀が振り回される。大振りの一撃一撃は、速い。お七の腕は舞うようにしなって、攻め手が止まることがない。

龍治の五感は研ぎ澄《す》まされていた。

ひりひりとしたお七の殺気は、剣筋より先走って龍治に届く。そのだだ漏れの気迫が、お七の動きを龍治に読ませる。

龍治は、ひらりひらりと身を躱しながら、お七の隙をうかがった。

やるならば、ただ一撃での返り討ちだ。

殺してはならない。それが難しい。

刀と刀が打ち交わされる。耳に残る甲高《かんだか》い音。こすれ合って削れる金物の匂い。

突然、お七が左手を伸ばした。つかまれる間合いではないと、龍治は思った。

しかし、つかまれた。

袖だ。

稽古着よりも長い、若い娘の装いの袖をつかまれ、ぐいと引かれた。龍治の足さばきが乱れる。

お七がにやりと笑った。

龍治はとっさに簪を外し、お七の手に突き立てた。お七が凄まじい声を上げる。

その一瞬、お七は隙だらけになった。

「せい！」

龍治はお七の利き腕に斬りつけた。狙いは肘《ひじ》だ。手応えがあった。皮が裂け、筋を断《た》つ手応えである。

お七の手から短刀が落ちた。呆然とした目が龍治を見た。

龍治は切っ先をお七に向けている。じりじりと間合いを詰めていく。

そのとき、足音が聞こえた。橋の南、内神田のほうから、与一郎が山蔵たち捕り方を引き連れて走ってくる。

「ちくしょう！」

お七は吐き捨てると、なりふりかまわず逃げ出した。

「待て！」

龍治は、背を向けたお七の帯に飛びついた。しかし、いかなる妙技か、たちまち帯が解け、お七は龍治の手を逃れた。足にまとわりつく小袖を脱ぎ去りながら、お七は北へと逃げる。

龍治は帯を投げ捨て、お七を追う。だが、お七の逃げ足は速い。またたく間に橋を渡り切った。

しかし、明かりが一つ、すでにお七の行く手に回り込んでいる。勇実である。勇実は提灯を置くと、鞘に納めたままの刀を構えた。

崩れた髪を振り乱し、襦袢《じゅばん》をはだけたお七の姿は、男であることがもはやごまかし切れていない。

お七が吠《ほ》えた。

「どけ！」

勇実は道の真ん中に立ち、鞘ごとの刀を晴眼《せいがん》に構えている。あえて刀を抜かぬ構えを、お七は、与《くみ》しやすいと踏んだのだろう。

お七は勇実に挑《いど》みかかった。短刀の鞘を勇実めがけて投げ、それと同時に、勇実の脇をすり抜けて突破しようとした。

勇実は動じなかった。目くらましに飛んでくる鞘を避けつつ、すばしっこいお七の動きをとらえて、横っ跳びで回り込む。

お七はなおも攻撃を試みた。だが、素手と刀では間合いが違う。

すっと伸びた勇実の鞘がお七の額《ひたい》を打った。

勇実は手首を十分にしなわせて、加減をした。が、お七自身が突っ込んでくる勢いもあったから、そのただ一打でお七は引っくり返った。

「倒したのか？」

勇実はまだ気を張り詰めたまま、刀をお七に向けている。

刀を向けているとはいっても、鋼の切っ先ではなく、鞘の鐺《こじり》だ。ついぞ抜く決心がつかなかった。下緒で鍔《つば》を結んでいるのもそのままだ。

龍治が駆け寄ってきて、肩で息をした。

「ああ、くそ、やっぱりこんな帯じゃあ、走るには向いてねえ。勇実さん、見事に仕留めてくれたな。怪我はないか？」

「私は何ともない。龍治さんこそ、どこもやられていないか？」

「たぶんな。かすり傷みたいなものは、探せばあるかもしれねえが」

「そうか。大事ないなら、安心した。龍治さん、お手柄だったな。遠目にだが、見ていたよ」

「短刀を使っての立ち回りも、なかなかのもんだっただろう？」

「ああ。しかし、真のお七の正体がこうだとは、思ってもみなかったな」

お七は仰向けになって気を失っている。乱れた襦袢からのぞく肌は夜目にも白く、見ようによってはなまめかしいが、下はしっかりと褌《ふんどし》が現れている。

与一郎を先頭に、山蔵と下っ引きが追いついてきた。与一郎はお七を一瞥し、勇実に問うた。

「斬らなかったのか」

勇実は与一郎の目を見て答えた。

「刀を抜くことができませんでした。私は、真剣の重みに耐えられないようです。龍治さんに危うい役目を負わせておきながら、私は……」

与一郎はかぶりを振った。

「かまわん」

「与一郎先生の言葉に背《そむ》いてしまいました」

「かまわんのだ。勇実、おまえの心のあり方は、龍治とは違う。勇実の手は、あくまで筆を振るうためにあるのだな。剣の才に恵まれておっても、才のあり方と心のあり方は必ずしも一致せんものだ。おまえは悩みながら、刀を抜かないことを選んだ」

勇実は、ただうなずいた。思いを言葉にしたかったが、何も言えなかった。

山蔵と下っ引きがお七を縛り上げながら、素っ頓狂な声で叫んだ。

「こいつ、男か！」

龍治がけらけらと笑った。

「そう、男だったんだよ。俺も刀を交わすまで気づかなかったんだが」

「龍治さんは、正体が男だと、最後まで気づかれなかったんじゃないかな」

勇実が言うと、龍治は首をかしげた。

「そうか？」

簪を抜いたせいで少し崩れた髪が、はらりと頬にかかっている。生き生きと表情の変わる顔は、誰もが美人と認めるはずだ。

勇実は、置きっぱなしにしていた提灯を手に取った。

神田川沿いを東のほうから、明かりの群れが駆けてくる。よく通る声が山蔵の名を呼んでいる。あの声は、定町廻り同心の岡本だ。

山蔵の下っ引きが噴き出した。

「さすがは厄除《やくよ》けで外れの岡達さまだ。やっぱり、あっちの組は下手人と出くわさなかった」

勇実は苦笑いをした。

途中まで、勇実は岡本たちと道行きを共にしていた。しかし、この一件に関わりのない者が神田川一帯に近づこうとするのを見て、岡本は急遽《きゅうきょ》、動きを変えた。人々を捕物に巻き込まぬよう、奔走《ほんそう》したのだ。

山蔵が勇実たちに向き直り、深々と頭を下げた。

「改めてお礼申し上げやす。人殺しのお七をこうしてつかまえることができたのは、与一郎先生と龍治先生、勇実先生のおかげでさあ。本当にありがとうございやす」

与一郎がねぎらいを込めて、山蔵の肩を叩いた。それから、勇実と龍治の背中を叩いた。

力強く分厚い掌の熱に、勇実は体の強張《こわば》りが解けるのを感じた。

四

夜明けが近い。東の空がほのかに白み始めた頃、うっすらとした朝もやが本所相生町を包んでいた。

人々の多くはまだ起き出していないのだろう。

千紘は、明け方の町の静けさの中で一人、じっとたたずんでいた。矢島家の門に背を預けている。手足はすっかりかじかんだ。

勇実と龍治と与一郎はまだ帰ってこない。

昨晩、珠代の隣で床に就《つ》いたものの、眠りは一向に訪れなかった。結局、千紘は起き出して、初めは玄関に座り込んでいた。それでもそわそわしてしまい、ついには門の表で、三人の帰りを待つことにした。

不安で不安で仕方がなかった。いつもは床の間の刀掛けに置かれているはずの勇実の刀がなかったのも、千紘の不安をあおった。

刀は身だしなみのためと、勇実は割り切っているはずだ。捕物のときは木刀を振るうと決めている。では、捕物のために呼ばれたはずの勇実が刀を帯びていったのは、どういうことなのか。

千紘は身震いをした。吐く息が白くただよって、朝もやに溶けていく。

ふと、声が聞こえた。

千紘ははっとして息を止めた。

間違いない。耳に馴染んだ声が、足音と共に、朝もやの向こうから聞こえてくる。

「ああ、ちょうどこの頃合いのはずだな」

勇実があいづちを打ったところから、何の話をしているのか、千紘にも聞き分けられるようになった。四十七士の討ち入りの話だ。

龍治が明るく弾《はず》む声で話を続ける。

「空が白んできたな。そろそろ討ち入りも大詰めで、仇《かたき》の首級《しるし》を上げる頃だ。吉良邸は回向院のそばで、つまり、すぐそのへんだったんだよな。四十七士も、討ち入りまでこの近所をうろうろして、吉良の様子を探っていたわけだ」

「そして、夜が明けてだんだんと明るくなる頃、四十七士は吉良の首を持って主君の墓がある泉岳寺《せんがくじ》に向けて歩き出した」

「今日は十五日だから、殿さまがたがお城に出向く日だ。大名行列と鉢合《はちあ》わせしないよう、四十七士は大川のこっち側を歩いていったらしい。ああ、途中で一人、見逃されて、四十六士になっちまうけど」

龍治がそのあたりまで語ったところで、風が吹いて朝もやが切れ、千紘の目に二人の姿が映った。

千紘はぱっと駆け出した。冷え切って痛む足がうまく動かない。それでも気持ちが急《せ》いて、まろびながら駆けた。

勇実も龍治も驚いた様子で声を上げ、慌てて走り寄ってきた。

「どうしたんだ、千紘。起きて待っていたのか？」

「ええ、起きていました。眠れなかったのです。おじさまは？」

「山蔵親分のところで少し休んでくるらしい。私と龍治さんは先にひと休みさせてもらったから、今帰ってきた」

千紘は勇実の言葉にうなずきながら、龍治の姿に目が釘づけになっていた。しゃべったり動いたりすれば龍治だとわかるものの、黙ってそこに立っていたら、見知らぬ美人だと勘違いしてしまっただろう。髷も着物も崩れがちなのが、だらしないというよりも、儚《はかな》げで艶《つや》っぽい。

龍治は、今になって自分の格好を思い出したようだった。ほのかな色の紅を引いた唇で、苦笑いをした。

「俺がこうやって女のふりをして、真のお七をおびき寄せたんだ。捕物はうまくいったんだが、ばたばたしていたし、化粧の落とし方もわからなくて、このまま戻ってきちまった。こんな姿を誰かに見られたら、勇実さんの立場がまずくなるかな」

「私が美人を連れて朝帰りをしていた、と？」

「筆子たちがおもしろがって騒ぐぞ」

「困ったな。どうしてくれるんだ」

龍治はふざけてみせ、勇実もからかいに乗ったが、千紘はちっとも笑う気がしなかった。千紘は龍治に詰め寄った。

「そんな格好で、龍治さんが囮をやったの？」

「ああ。俺のほかに、こんなことができるやつはいないからな」

「危ない役目だったんでしょう？　相手は、誰かを殺すことを何とも思っていない人。龍治さんも狙われてしまったの？」

「後ろから刺されそうになって、俺も刀を抜いた。刀といっても懐に隠し持っていた短刀だけどな。お七の野郎は、きちんとした小太刀術を会得《えとく》していたらしくて、かなり動きがよかった。ありゃあ確かに、素人《しろうと》がどうこうできる相手じゃなかったよ。あいつ、実は男だったしな」

「そう……龍治さんたち、怪我は？」

「勇実さんと親父は無傷だ。俺も大したことはない。ひやっとした場面もあったんだけどな。ああ、お七の野郎も殺しちゃいないよ。利き手がしばらく使えないだろうってくらいの傷は負わせたが。千紘さん、どうした？」

龍治は、急にうつむいた千紘の顔をのぞき込んだ。いや、のぞき込もうとしたが、できなかった。

千紘は龍治の胸にすがりついた。

「心配したんだから！」

張り上げた声は、今にもあふれそうな涙で濡れている。

龍治がうろたえるのがわかった。白粉の匂いと、かすかに汗の匂いがした。龍治の体は、肩も胸も思いがけず広い。

ため息が千紘の頭上に降ってきた。

「悪かったよ。そんなに不安がるのは、俺が怖がらせたせいだろう？」

千紘の肩を、おずおずと、龍治の手が包んだ。

龍治の手のぬくもりを感じた途端、千紘は、涙も嗚咽《おえつ》も抑《おさ》えられなくなった。みっともないとわかっている。でも、どうしようもない。

千紘は泣きじゃくった。

不安で張り詰めていた気がほぐれたのと、龍治が無事でほっとしたのと、千紘の心配もよそに呑気《のんき》な様子の龍治に腹が立つのと、なぜこんなにも胸の中が散らかるのかがわからないのと。

いろんなことが一緒くたになって、千紘は戸惑った。だからもう、泣くしかないのだ。

強いはずの千紘はどこかに行ってしまった。千紘はただ、龍治のぬくもりにすがるばかりだ。

「なあ、千紘さん」

龍治がしゃべると、耳から聞こえる声と共に、千紘が顔を押し当てた龍治の肩や胸から、低い震えが伝わってきた。

「千紘さんは、寝ずに待っていてくれたんだな。長く待たせて、悪かった。冷え切っているじゃねえか。中に入って温まろう」

優しい声だった。龍治がこんなふうにしゃべるところは聞いたことがない。

すぐそばで暮らしてきたのに、龍治は、千紘の知らない顔をいくつも持っている。冷たい殺気を放つのも、女の装いをすると色っぽくなるのも、広い胸も大きな手も優しい声も。

千紘は胸が苦しくて苦しくてたまらなかった。

涙で何も見えなくなった目の端に、朝の最初の光が、きらきらと差し込んできた。

「勇実先生。勇実先生、そろそろ起きろよ」

耳元で呼ばれていると気がついた。

勇実は、びくりとして目を開けた。その途端、天神机《てんじんづくえ》に膝をぶつけた。

手習所で天神机に突っ伏して眠っていたようだ。外から入ってくる光は、赤みを帯びた夕方のものだ。すでに筆子たちは皆、帰ってしまっている。

わざわざ子供のように高い声音《こわね》をこしらえて勇実を呼んだのは、龍治だった。

勇実が跳ね起き、ぶつけた膝をさするのを見て、龍治は大口を開けて笑った。

勇実は苦笑いをした。

「人が悪いな。からかわないでくれ」

「いやいや、すまん」

勇実は首筋を揉みほぐし、思い切り伸びをした。肩や背中がぴしぴしと不平を漏らす。

「私はどれくらい寝ていたのかな」

「それなりに長らく寝ていたんじゃないか？　もうじき日が暮れる。空が見事に焼けているぜ」

「まいったな。一刻（約二時間）は経《た》っているじゃないか」

「朝はほとんど寝ないままで手習所を開けて、あいつらの相手をしたんだろう？くたびれ果てるのも当たり前さ」

「普段から、朝まで寝ずに過ごすことはたまにあるんだが。しかし、書を読んでいるうちにいつの間にか夜が明けているのと、一晩じゅう出歩いて動き回るのでは、やはりまったく勝手が違うな。龍治さんは、今日はどうしていた？」

「勇実さんと一緒に朝餉を掻っ込んだ後は、ぶっ倒れていたよ。ついさっきまで眠っていた。門下生の稽古を全部すっぽかしちまったが、親父もおふくろも俺のお手柄に免じて、ゆっくり寝かせてくれたってわけだ」

にっと歯を見せて笑う龍治は、いつもと変わったところもない。整えられた眉だけが、当世《とうせい》の牛若丸を演じた名残《なごり》だ。

「龍治さんは本当に見事なお手柄だったからな。私は不甲斐《ふがい》なかった。もっと早く助太刀《すけだち》に入りたかったし、刀を抜くことができればよかったとも思う」

「もういいって。夜中から勇実さんはそればっかりだ。耳にたこができちまう」

「心苦しいんだよ。落ち着いて振り返ってみれば、私は何もしなかったようなものだと気がついた。龍治さんは強いな」

「何を言っているんだ。俺ひとりじゃあ、十分じゃなかっただろう。お七の野郎をきっちり仕留めたのは、勇実さんだった。俺は、勇実さんという後詰めがいてくれたから、安心して前に出られたんだぜ。勇実さんは、能ある鷹《たか》は爪を隠すというやつだ」

勇実は半ば微笑みながら、ため息をついた。

「龍治さんは、いい男だ。認めるよ。私が世の中でいちばん、そのことを認めているとも思う」

「おいおい、急にどうしたんだよ」

「確かに急だな。でも、今、きちんと話しておきたいんだ。聞いてくれるか?」

勇実の胸中にささくれがある。ささくれの正体をどう表すべきか、勇実は言葉を探した。

「さてさて、何のお説教かな」

とぼけてみせながら、龍治も察するところがあるようだ。それ以上は茶化さず、口元を引き締めた。

勇実は正直に言った。

「今朝の千紘の振る舞いには、かなり驚かされたし、傷ついた。隣に兄がいたというのに、千紘の目に映っていたのは龍治さんだけだっただろう」

「ああ。そんなふうに思えた」

「妹が男のために泣くのを目の前で見せつけられたわけだ。なあ、龍治さん」

「何だ」

「殴っていいか？」

龍治はきっぱりと答えた。

「気が済むまで殴ってくれていい。俺は、自分にも勇実さんにも嘘をつきたくないからな。千紘さんが俺のために泣いてくれたことが、俺は嬉しかった。それが勇実さんには腹立たしいってんなら、殴ってくれていいよ」

勇実は、思わず拳を固めた。

龍治は勇実から目をそらさなかった。膝の上に置いた手に力がこもったが、それだけだ。黙ったまま、身じろぎもせずに、龍治はまっすぐに勇実を見据えていた。

やがて勇実は拳を開くと、ぱしんと、己の頬を打った。

「すまない。殴ると言ったことは忘れてくれ」

龍治はかぶりを振った。

「いや、勇実さんにお願いしておく。俺が千紘さんのためにならないことや、どうしようもない馬鹿をやらかしそうなときは、ちゃんと俺を殴ってくれ。千紘さんが俺を思って泣いてくれるのは嬉しいが、泣かせたいわけじゃないんだ」

胸中のささくれがちりちりと痛む。勇実は、息苦しいような気持ちをこらえながら、龍治に問うた。

「千紘のことをきちんと考えてくれているんだな？」

「もちろんだ」

「いい加減なことはしてくれるなよ」

龍治は深くうなずいた。

ふと、からころと下駄を鳴らして駆けてくる足音が聞こえた。と思うと、手習所の戸が開いて、千紘が顔をのぞかせた。

「二人ともここにいたのですね。夕餉の支度ができましたよ。珠代おばさまが、今日はみんな揃って矢島のおうちのほうで食べましょうって」

龍治はひょいと立ち上がった。

「ああ、腹が減った。昼を食いそびれたんだよ」

「寝過ごしたのでしょう？　動いていないのに、おなかがすいたの？　龍治さんは、体が細いのに大食らいよね」

憎まれ口を利いた千紘だが、目元を腫《は》らしている。昼間、横になってはいたが、あまり眠れなかったようだ。また泣いたのかもしれない。

龍治は千紘の脇をするりと通り抜けて、矢島家の母屋へ戻っていった。その後ろ姿を、千紘の目がじっと追い掛けた。

殴っていいか、と、勇実はまた腹の中で龍治に問いかけた。気が済むまで殴れと、きっと龍治はいつだって答えるだろう。

千紘は勇実のほうを振り向いた。

「兄上さまも行きましょう」

妹はいつまでこうして声を掛けてくれるのだろうか、と勇実は思う。

「先に行ってくれ。私はまず、ここの片づけをしないといけない」

「わかりました。早く来てくださいね。でないと、夕餉がなくなってしまいますよ」

千紘は生意気な口ぶりで言うと、ちらりと微笑んで、戸を閉めた。

からころと、下駄の足音が遠ざかっていった。

この作品は双葉文庫のために書き下ろされました。

双葉文庫

は-38-02

拙者《せつしや》、妹《いもうと》がおりまして❷

2021年7月18日　第1刷発行

【著者】
馳月基矢《はせつきもとや》

【発行者】
箕浦克史
【発行所】
株式会社双葉社
〒162-8540 東京都新宿区東五軒町3番28号
［電話］03-5261-4818(営業)　03-5261-4833(編集)
www.futabasha.co.jp(双葉社の書籍・コミックが買えます)
【印刷所】
中央精版印刷株式会社
【製本所】
中央精版印刷株式会社

【フォーマット・デザイン】
日下潤一

ISBN978-4-575-67062-2 C0193
Printed in Japan

稲葉稔　**浪人奉行　十一ノ巻**　長編時代小説〈書き下ろし〉

町方の手の届かぬ悪を斬る浪人奉行の八雲兼四郎は、改易されて乱心し、非道を重ねる元旗本の存在を知る。人気シリーズ、第十一弾！

金子成人　**かみなりお勝**　ごんげん長屋つれづれ帖【一】　長編時代小説〈書き下ろし〉

根津権現門前町の裏店を舞台に、長屋の人情や親子の情をたっぷり描く、くすりと笑えてほろりと泣ける傑作人情シリーズ、注目の第一弾！

金子成人　**ゆく年に**　ごんげん長屋つれづれ帖【二】　長編時代小説〈書き下ろし〉

長屋の住人で、身重のおたかが倒れてしまった。周囲の世話でなんとか快方に向かうが、亭主の国松は意外な決断を下す。落涙必至の第二弾！

坂岡真　**盆の雨**　照れ降れ長屋風聞帖【十四】　長編時代小説

浅間三左衛門は、友の仇を討つため浪々の身となった老侍に出会う。ついに天敵を見つけ出したとき、その本懐は遂げられるのか——!?

坂岡真　**駆込み女**　はぐれ又兵衛例繰控《れいくりびかえ》【一】　長編時代小説〈書き下ろし〉

南町の内勤与力、天下無双の影裁き！「はぐれ」と呼ばれる例繰方与力が頼れる相棒と悪党退治に乗りだす。令和最強の新シリーズ開幕！

坂岡真　**鯖《さば》断《だ》ち**　はぐれ又兵衛例繰控《れいくりびかえ》【二】　長編時代小説〈書き下ろし〉

長元坊に老婆殺しの疑いが掛かった。南町の協力を得られぬなか、窮地の友を救うべく奔走する又兵衛のまえに、大きな壁が立ちはだかる。

坂岡真　**目白鮫《めじろざめ》**　はぐれ又兵衛例繰控《れいくりびかえ》【三】　長編時代小説〈書き下ろし〉

前夫との再会を機に姿を消した妻静香。捕縛した盗賊の疑惑の牢破り。すべての因縁に決着をつけるべく、又兵衛が決死の闘いに挑む。